「オトナの恋」は罪ですか？

亀山早苗
Kameyama Sanae

文芸社文庫

目次

序

音もなく降る、冷たい雨の匂いだけが立ちこめる晩だった。地図を片手に、目的のお寺へと急ぐ。

「綾子《あやこ》？　驚かないで聞いてね。恭子《きょうこ》が死んだの」

由香里《ゆかり》から電話が来たのは、昨夜のことだった。恭子も由香里も、大学時代、仲良くしていた友人だ。そこに理彩《りさ》が加わって、私たちは四人グループで、いつも連れだって講義を受け、連れだって講義をさぼっていた。

大学を卒業して、それぞれに仕事をもち、そのうち結婚して住む場所も離れ、会う機会も減っていった。私は子どもをもっても仕事を続け、毎日が忙しくなり、理彩は離婚したり再婚したりとめまぐるしい人生を送っていた。自由な独身生活を貫くのかと思っていた由香里も、三十歳をゆうに過ぎてから、突然、「できちゃった結婚」をした。

卒業以来、二十年弱、四十歳になりつつある人生の中で、私たちはそれぞれのドラマを描いてきたのだが、いちばん情報が少なかったのが恭子だった。ずっと独身で、キャリアを積み重ねていることだけは知っていたが、みんなで会うときも恭子はあまり出てこなかった。ごく稀《まれ》にメールのやりとりをすることもあったものの、メールでは踏み込んだ話はできない。

彼女がどんな人生を送ってきたのか、詳しいところはわからなかった。

「あ、綾子。こっちこっち」

お寺の前で由香里が傘の合間から、ひらひらと手を振っている。隣に理彩の姿もある。

お通夜のため寺に向かう人たちは、誰も沈痛な面持《おもも》ちだ。亡くなった人との親しさの濃淡に関わりなく、一様にうつむきかげんで、歩調だけを速めている。そんな中で、華やかに手を振る由香里の姿が、周りの雰囲気にそぐわなかった。そぐわない分、哀しみが募る。

「ごめんね、遅くなって」

ふたりの近くに行ってから、そっとつぶやいた。由香里も理彩も、青ざめた顔で小さく首を振る。

「さっき、恭子のお母さんに会ったんだけど、クモ膜下出血、だったらしいわ、恭子」

由香里が病名をひと言ずつ、区切るように発音した。金曜日の夜、退社してからの恭子の足取りは不明だという。土日は休みだったものの、恭子は月曜日に無断欠勤した。いまだかつてそんなことはなかったから、同僚も上司も心配し、電話をかけ続けたが連絡がつかない。ひとりの同僚が翌日の朝、彼女の住むマンションに来てみると、鍵が開かない。警察だの不動産屋だの地方に住む彼女の親だのと連絡を取り合って部屋に入り、ベッドの脇に倒れている彼女がようやく発見されたそうだ。

初めての無断欠勤が発覚したその日のうちに、家まで来てくれる人はいなかったのか。自分を棚に上げて、毎日会っているはずの恭子の会社の人たちに憤りがこみあげてくる。

「たぶん、土曜の朝方には息絶えたんじゃないかって。だから月曜日に誰かが来ても、きっと同じ結果だったのよ」

由香里が私の気持ちを察したようにつけ足した。

「四日目に初めて発見されたってわけね。寒い時期でよかったわね」

不謹慎なことを言う理彩をにらみつけると、理彩はぺろっと舌を出す。言い方の軽さに反して、彼女の目は充血し、瞼《まぶた》が腫《は》れて、きれいな二重が潰《つぶ》れかけていた。おそらく昨夜は寝ていないに違いない。恭子の死を受け止めきれず、理彩は今、ここにいる現実感がつかめていないのだろう。

理彩には昔からそういうところがあった。場違いなことをふっと言ってしまうから、誤解されやすいのだが、彼女は自分の中で受け止めきれないことに対して正直なのかもしれなかった。

三人で静かにお寺に入っていく。遺影の恭子はきれいだった。いつの写真なのだろう。少し照れくさそうに微笑《ほほえ》んでいて、今にも「綾子」と呼びかけてきそうだ。いつしか私の頬は濡れていた。

大学時代の夏休み、恭子の田舎の実家にみんなで遊びに行ったことがあった。山に囲まれた素朴な土地で、お兄さんが林業を営んでいたはずだ。小さいころ、お父さんは亡くなり、お母さんが女手ひとつでお兄さんと恭子を育てたと聞いた。山菜や、近くの湖で捕れるという淡水魚などをお母さんが丁寧に料理してくれた。「田舎のお母さん」というイメージにはそぐわない、きれいな女性だった。地元に戻った恭子は、野山の中で輝いていたっけ。そのとき、顔中で笑っていたお母さんが、今は小さくなっている。

私たちは言葉にならない言葉をお母さんにかけた。泣き崩れるように私にもたれかかってきたお母さんは、小さな声で言った。

「顔を見てやってください」

お母さんが棺《ひつぎ》の顔の部分を開けてくれる。肌は蠟《ろう》のように白っぽくなっていたけれど、ほんのり紅をひいてもらった唇は、まだまだ色っぽかった。右目の下の小さな泣きぼくろが黒々と光っているように見える。恭子って、美人だったんだと改めて思う。理彩も由香里も嗚咽《おえつ》を止められない。

そのとき、しんとした空気を引き裂くような、エキセントリックな声が響いた。

「この女が、あたしの亭主をたぶらかしたのよ。罰《ばち》が当たったの。死んでよかったわよ」

白髪交じりの髪を振り乱し、コートも着ずに走り込んできた女は、棺の周りに集まっている私たちに飛びかかってきた。傘もささずに来たのだろうか、水滴が飛び散る。驚いて身を引くと、棺の中の恭子の顔を殴りつけようと、骨ばった手を振り上げている。私たちはあわてて彼女を止める。荒い呼吸が伝わってくる。異様に頬骨だけが目立つ顔の中で目だけをギョロリと私に向けた。

女の着ている男もののようなざっくりしたセーターに、大きな毛玉がたくさんついているのが目に入った。

「何すんのよ、一度くらい殴らせてよ」

言うなり、女はぺたりとお尻をついて座り込み、人目もはばからず声を上げて泣き出した。まるで映画かドラマを見ているようだった。いい年をした大人が、「あーん、あーん」と声を出して泣くのを初めて見たような気がする。葬儀社の人なのだろうか、数名の男たちによって、彼女は両脇を抱きかかえられるようにして退場させられた。

精進落としと称して、私たちは通夜のあと、近くの料理屋へ寄った。あのあと、近くにいた人たちの噂《うわさ》や、恭子と比較的よく連絡をとっていた由香里の話から、恭子が家庭のある男性と十数年にわたってつきあっていたことがわかった。エキセントリックな金切り声を張り上げていたのは、恭子がつきあっていた男の奥さんだという。

そういえば、ちょうどそのつきあいが始まったころ、恭子から少しだけ話を聞かされたことがあるのをぼんやり思い出した。私はあのとき、激しく恭子を非難したような気がする。そんな恋のどこがいいの、人の道にはずれているじゃない、罰が当たるわよ、自分の人生をもっと大事に考えなさいと説教もしたのではなかったか。

「恭子は妊娠したこともあるの。ちょうど綾子が二人目を産んだくらいだったから、十年近く前よね。恭子は目を真っ赤にして『綾子は大手を振って産めるけど、私はそれができない』って言ってた。それでも産んでしまおうかとさんざん悩んだみたいだったけど。恭子の実家はああいう田舎だし、実家は実質的にお兄さん夫婦が仕切ってる。周りの目もあるから産んで実家に帰るわけにもいかない。ひとりで産んで育てていくことができるだろうかと、恭子、いろいろ経済的なシミュレーションもしてた。でも、結局、諦《あきら》めたのね。ほら、恭子が勤めている会社と、うちのダンナが経営している会社って近いから、私、わりとよく彼女に会っていたのよ」

由香里は小声で一気に話した。そんなことを知らなかった私は、毎年、恭子に子どもたちの写真がついた年賀状を送っていた。彼女は、年々、成長していく我が家の子どもたちを、どんな思いで眺めていたのだろう。

「不倫していたのはわかったけど、なんであの奥さんが恭子のお通夜に来ちゃうわけ？」

理彩が無邪気な口調で聞く。

由香里は身を乗り出して声をひそめた。

「実は恭子の彼は、一ヶ月ほど前に自殺してるんだって。これはさっき、恭子の会社の人に聞いたんだけど。恭子と彼って、仕事関係で知り合ったのよ。だから、恭子の会社でもふたりの関係をおぼろげながら知っている人はいたみたい。恭子はもちろん、そういうことをおくびにも出さなかったらしいけど」

由香里の取材力はすごい。そういえば学生時代から、いちばん噂に敏感だったし、その噂を立証するために裏をとってくるのも由香里だった。その行動力は、勤めていた広告代理店でも活かされていたようだったっけ。

恭子の彼が自殺していた。その衝撃に、理彩も私も黙り込んだ。髪を振り乱して、地獄の底から響くような声を上げていた、奥さんの姿が甦《よみがえ》ってくる。

自分がどう見られているかを気にせずに行動するときの人間は圧倒的に強い。理性ではなく、自分の直感で行動しているからだろうか。あの奥さんの姿は、おそらく一生、私の脳裏から消えることはないと思う。

「長年つきあっていたんでしょ。今まで知られてなかったのに、急に奥さんにばれたのかしら」

私が疑問を口にすると、由香里が噂だけど、と前置きして言った。

「彼には息子がひとりいて、今年の春、大学を卒業して就職したらしいのよ。それで親の責任を果たしたと思った彼が離婚を考え始めて、奥さんにもそう言ったみたい。でも奥さんにしたら、青天の霹靂《へきれき》というか寝耳に水というか。なぜ離婚したいなんて言い出したのかと言われて、たぶん彼が恭子の存在を話したのよ。それで今まで騙《だま》してたのね、ということになったんでしょうね。揉《も》めに揉めていたらしいわ」

「それで彼が自殺しちゃったの？　なんだか弱すぎない？　その彼。恭子を守ってやろうと思わなかったのかなあ」

理彩は、今も男は強くあるべきだと思っている。男は女よりストレスに弱いし、精神的には脆《もろ》いものなんだと学生時代からみんなに言われているのに、男は強く、女はかわいくあるべしと決めつけていた。

だが、今回ばかりは理彩の言うこともわかるような気がする。自分は死んでしまえば楽になれるかもしれないが、残った妻と恋人がどんな思いにかられるか、想像もしなかったのだろうか。それより自分の苦しみから逃れることしか考えられなかったのだろうか。どちらかを不幸にするくらいなら、自分が消えてしまいたいと思ったのか。

「恭子もあれで気の強いところがあるから、これ以上、この関係に我慢できないって言ってたのよ。自分だけが一生、我慢しなければいけないのかと、最近は考えていたみたいね。『今ならまだ、子どもも産めるわよね』と言っていたこともあった。『四十で産んだら、子どもが成人式のとき、還暦よ』と笑ったんだけど、恭子は笑ってなかった。彼が離婚を口にしてからは、けっこう、まだかまだかと責めていたみたい」

妻と恋人の板挟みになったとき、男は脆いのかもしれない。ふたりの女性のみならず、自分の仕事や息子のことなども含め、何もかも放り出したくなってしまったのか。

「さっき、恭子の会社関係の人に聞いたんだけど、結局、彼は家で自殺したらしいのよ。なんだかんだ言って、最後は自分の家で命を絶つなんてね……。恭子の会社からは、社長と恭子の上司がお葬式に行ったらしいわ。恭子はお葬式にも行けなかったんじゃないかな。私も実は、ここ二ヶ月くらい恭子には会ってなかったの。会っていれば、彼女の様子がおかしいことに気づいたはずなのに」

由香里は髪をかきむしるようにしながら、うつむいている。

「私だって同じよ。家庭と仕事で忙しいのを理由に、なかなか恭子に連絡をとらなかった」

彼女が不倫していると聞いたときから、私はどこか彼女を避けていたのかもしれない。

「由香里も綾子も、自分を責めないで。私だって同じよ」

私たちは、恭子の死を病死というよりは自死のように受け止めていた。自分だけで抱えきれない重い事態に直面して、彼女の心身はギブアップしてしまったのではないだろうか。気づいてあげられなかった私たちは、四人が仲良く過ごした大学時代を思い返していた。

「同じ大学に通って同じような生活をしていたのに。恭子と私の何が違っていたんだろう。どうして恭子がこんなに早く死ななくちゃいけなかったんだろう」

私がそうつぶやくと、理彩も由香里もうつむいた。理彩が声も立てずに泣き、目の前のテーブルに小さな水たまりができた。

私たちはその晩、最期に恭子が何を思いながら息絶えていったのかを考えつつ、いつまでもちびちびとお酒を飲んでいた。

第一章　由香里

お通夜から帰ると、夫と娘はすでに寝ていた。着替える気にもなれず、私はリビングのソファに沈み込む。こんなときこそ、と買っておいたシャトー・マルゴーを開ける。この赤ワインは三万円もするのだが、私はいつも買い置きしている。自分の精神をフラットに保つためには必要だから。

綾子が言っていたことが耳から離れなかった。確かに恭子と私たちの何が違っていたんだろう。独身のまま逝《い》ったというと、地味で孤独な生活を送っていたと思われがちだけれど、恭子は人知れず、長い時期、家庭のある人と秘めた恋をしていた。

二十代で結婚した理彩や綾子には、たぶん彼女は詳細を打ち明ける気にはなれなかったのだろう。三十三歳まで独身でいた私のほうが、あとのふたりよりは気安かったのか、恭子は少しだけ胸のうちを明かしてくれていた。だからといって、私も恭子の気持ちをすべて理解しているわけではない。自分が結婚したとき、恭子に「そろそろ落ち着かないとね」と言ったっけ。彼女の顔色がさっと変わったのを覚えている。

私はできちゃった結婚だったから、自分を納得させたくて言っただけなのに、恭子は私が非難したと思っただろうか。いつかその誤解を解こうと思いながら、そのままになってしまった。

恭子と最後に連絡をとったのは、二ヶ月ほど前だ。夫に届け物があって会社に行き、その帰りに恭子のランチタイムに合わせて、一緒にランチをした。あのとき、恭子は一時間半のランチタイムをとった。

「今日はそれほど忙しくないし、周りにも少しゆっくりしてくるって言ってあるから」

まじめな恭子にしては珍しいなと思った。特別な話でもあるのかなと感じたけれど、結局、なんてこともない世間話に終始した。私は、彼とはその後どう、と尋ねたっけ。恭子はどことなく寂しそうな笑顔を見せながら、

「人生、潮時ってものがあるのかもしれないわね」

そんなことをつぶやいた。私はてっきり、彼とうまくいかなくなって別れる覚悟をしつつあるのかと思い、それ以上は聞けなかった。ただ、別れ際に言った。

「何かあったら絶対に相談してよね」

と。そうしたら恭子は、急に明るい顔になった。

「今度、久々に四人で集まろうよ」

そう、確かに恭子はそう言った。私がアレンジするよ、と私は言ったのではなかったか。その後、恭子は恋人に死なれた。そして、誰にもそのことを言わずに、一ヶ月後、自分自身も死んでしまった。私がもっと早く、四人で会う計画を立てていれば……。恭子の恋人の死を私たちが止めることはできなかったかもしれない。ただ、少なくとも、恭子の悲しみやストレスを分かち合うことはできたはずだ。そうすれば、恭子は死ななくてすんだのではないだろうか。

私はぐいぐいとシャトー・マルゴーをあけた。こんな飲み方をしたら、このワインに申し訳がないけれど、こんな飲み方しかできないのが私の今の生活、今の心境だった。三万円のワインをがぶ飲みしていながら、決して楽しくない、おいしさもよくわからない。

恭子は、一本三万円のワインを飲んだことがあるんだろうか。彼女はいったい、幸せだったんだろうか。

そう思った瞬間、じゃあ、私は幸せなんだろうかという思いが、まるで天から降ってきたように身体《からだ》を貫いた。

同い年の夫は親から譲り受けた会社を経営している。都心の一等地にあるビルにオフィスをもち、私たちは都心のマンションで暮らしている。娘は私立の小学校に上がり、何もなければ大学までエスカレーター式に上がっていける。私は結婚と同時に、十年勤めていた広告代理店を辞めて専業主婦になった。はたから見たら、何の苦労もない「幸せな奥さん」「幸せな家族」のはずだ。

ただ、死の間際まで、恭子は「女」だった。彼も彼女を女として愛したからこそ、苦しみ悩み、死を選んだ。

でも私は……？　ため息をつきかけたとき、携帯電話が鳴り、メールが来ていることを知らせる。

「明日、急に時間があいた。午後二時、いつものホテルでどう？」

最近、会うようになったアキラからだ。明日は恭子のお葬式だけれど、午後二時には終わっているだろう。そのまま帰ってくるのはつらすぎる。アキラは気を遣わなくていい相手だから、一緒に過ごせば、やりきれない思いも少しは晴れるかもしれない。

「いいけど、明日は午前中、友だちのお葬式なの」

「そのまま喪服で来て。色っぽいだろうな、由香里さんの喪服姿」

しょせん、こういう男だから、憂《う》さ晴らしには最適なのだ。いつの間にか、ワインの瓶は空になっていた。

夫は結婚してから、一度も私に触れていない。そんなことがあるのかと思われるだろうから、私はこのことは誰にも言っていない。いや、ひょっとしたら恭子にぽろっと打ち明けたことがあったかもしれないが。そもそも、今の時代だって、友だちに「うち、セックスレスなの」なんて、そうそう言えるものではない。私は夫に見限られた女ですと公言して歩くようなものだ。

結婚前だって、実は数回しか関係をもっていなかった。私自身は、夫とは遊びのつもりだったのだ。そのころ、私には数年間にわたってセクシーな関係をもっている男がいた。小沢というカメラマンで、何より自由を愛していた。自由を愛する彼を愛したのだから、私は彼を束縛しなかった。したくてもできないと思っていたし、束縛したら終わる関係だということもわかっていた。一見、クールな大人の関係に見えただろう。けれど、愛すれば愛するほど、本当は彼をつかみきれずに苦しんでいた。

広告写真の世界では、若いときから少し知られたカメラマンだった。口八丁手八丁で仕事を得ているカメラマンではなく、彼はセンスと緻密《ちみつ》な仕事で評判がよかった。

自分の仕事には、常に完璧であろうとしていたし、仕事の環境が気に入らなければ、自腹を切ってでも、よりよい仕事をしようとする愚直な面ももち合わせていた。だが、一方でつきあっている女から見ると、気まぐれこの上ない男だった。広告の仕事がないときは、突然、ニューヨークやパリに写真を撮りに行ってしまう。かと思うと、北海道の山奥で鳥の写真に熱中していたこともある。いつも連絡もせずにいなくなり、連絡もせずに戻ってくる。

東京にいるときは、「由香里はオレのステディなんだ」と、あちこち連れ歩いてくれたけれど、それでも私は知っていた。彼がモデルの女性や仕事関係者ときっかけさえあれば寝ていたのを。身近な女に手をつけるから、すぐに噂が広がった。だが彼は、モテ続けたし、別れ方がうまいのか、女性たちから非難されることもなかった。

親切ごかしに、

「この間、由香里が来なかったパーティで、小沢さんたら、モデルのマリちゃんと腕を組んで出ていったよ」

そんなことを私に吹き込んでくる人たちもいた。

たとえ彼に問いただしても、暖簾《のれん》に腕押しだということはわかっていた。だから私は彼自身に「マリちゃんと寝たの？」とは口が腐っても尋ねまいと決めていた。それが私のプライドだった。嫉妬《しっと》をせず、自由を愛する彼を丸ごと受け入れていたのだ。いや、本音を言えば、受け入れるふりをしていただけだった。実際には私の身体も心も、いつも「私だけを見て」と悲鳴を上げていたのだ。だが、その悲鳴を私は自ら身体の中に押し戻した。彼を失いたくなかったし、彼が変わらない以上、彼とつきあっていけるかどうかは私自身の問題だった。

それでも悲鳴が洩《も》れそうになったときは、他の男と寝た。彼がしているのだから私だってしてやろうという気持ちではない。ただ、人肌でしか癒せないくらい、私は彼との関係でいつも血を流し、凍りつくような気分を味わわされていた。誰かに抱かれているときだけ、自分は「男にとって価値のある女」だと思うことができた。たぶん、私はいつもぼろぼろだったのだ。

夫も、そんな男のうちのひとりだった。仕事がらみで家電メーカーのパーティに行ったとき、壁にもたれて所在なげにしている男がいるのを見つけた。パーティをばかばかしいと決めつけて、壁にもたれている男はときどきいるが、彼はそうは見えなかった。本当にどう振る舞ったらいいかわからないという様子だった。

話しかけてみると、彼はその家電メーカーと取引がある部品関係の会社の専務で、なおかつ社長である病気の父親の代理で来ているということがわかった。

「さっきから周りを見渡しているんですが、誰も知り合いがいなくて。会社の名前を出して自分から挨拶するべきなんでしょうけど、みなさん談笑中だから、なんだか迷惑なんじゃないかと……」

彼は申し訳なさそうにそう言った。結果的に壁にもたれているしかなかったようだ。正直というか世間ずれしていないというか。そんな引っ込み思案じゃ、企業戦争に勝てませんよと言うと、「すみません」と詫《わ》びられてしまう。なぜか放っておけず、家電メーカーのお偉いさんや広告代理店などの関係者に紹介した。

五日後、会社に彼から電話がかかってきた。

「先日のお礼に、明日あたり食事でも」

そう誘われた。どうしても会いたいというわけではなかったが、翌日はたまたまあいていた。小沢と連絡がとれない状態になって一週間がたっていた。いつものことではあったものの、心がささくれ立っていたから、彼からの誘いを受けた。

決して派手ではないけれど、銀座の老舗《しにせ》である有名な洋食店に、彼は連れて行ってくれた。居心地のいい店だった。彼と過ごす時間も、どこかゆったりしていて、せわしない日常を過ごし、神経をすり減らしている私には、別世界のようだった。そのまま、彼の住むマンションへ行き、初めてのデートで寝た。私にとっては、それほど大きなできごとではなかったが、彼にとっては「転機」となったと、あとから話していた。彼は、出会ってすぐ女性と寝るような男ではないらしいから。

私たちは、それから恋人なのか友だちなのかよくわからないままに、ときどき会っていた。その後、彼のお父さんが亡くなり、彼が社長に就任した。その前後はしばらく会えなかったのだが、落ち着いたころに電話をかけてみると、彼はとても喜んでくれた。社長就任のお祝いにと私から食事に誘い、また寝た。

「社長なんて、やっぱりオレには無理だ」

ベッドで彼はそう言った。私は彼を胸に抱きしめ、

「あなたならできるわ、大丈夫」

おまじないのように繰り返した。社長となった彼は忙しそうだったが、時間をやりくりして私と会いたがった。私も、特に身体の相性がいいと思ったわけではないのだが、彼といるとなぜか安心感があった。

彼と約束している日に、小沢から急な呼び出しがかかれば、もちろん小沢を優先させた。逆に、私の心の避難場所として、小沢との関係でいらいらすると、彼を呼び出した。彼がだめなら、別の男に電話をかけた。その他大勢のうちの優先順位一位が彼だというだけのことだったのだ。そんなことをしているうちに妊娠がわかり、彼に告

げると、即座に「結婚しよう」と言われ、そのまま結婚することになった。

小沢の子かもしれないと一瞬、思った。だが、その気持ちはすぐに打ち消した。小沢は自ら必ず避妊をする。自由だけが味方の彼にとって、子どもは足かせにしかならない。小沢への私の濃い気持ちが行き場をなくしたとき寝る男たちには、私から避妊を強要した。だが、夫となった男にだけは何も言わなかった。私の心の奥深くでぼんやりとではあるが、この人となら結婚してもいいと思っていたのかもしれない。

「子どもができたから結婚するわ」

小沢には、「会社に行ってくるわ」というほどの軽さで、そう言った。彼は一瞬、ぎょっとしたようだったが、

「由香里はそういう女だったのか」

ひと言、そうつぶやいただけだった。「そういう女」の中味については触れなかった。自由でいたい自分を理解してくれていたわけではなかったのか、と言いたかったのか、あるいは結婚することで安心するような女だったのかと言いたかったのか。いずれにしても彼は私をひきとめなかった。彼らしいと思ったし、それでいいんだと思った。

結婚したときは妊娠六ヶ月で、新生活に慣れる間もなく娘が生まれ、それから私は子育てに必死だった。こんな小さな生きものが、きちんと大きくなっていくのか、死

なせずに壊さずに大きくすることができるのか、と毎日毎日、子どもばかり見て過ごしていた。

気づいたら結婚して一年近くたっていた。何度かセックスしただけで結婚生活に突入し、結婚してから一度もしていないというのはおかしい、と思ったのは、そのときだった。

夫は子どもが小さいころは、通いの家政婦さんを雇ってくれていたから、私はふだん、自分ではあまり料理をしなかった。だが、初めての結婚記念日となれば別だ。料理上手の家政婦さんに手伝ってもらい、本を見ながらイタリアンのフルコースを作った。

その日は娘の歌織もいい子で、夜泣きもせずにおとなしく寝てくれた。私はセクシーな下着に絹のガウンを身につけ、テレビを見ている夫にすり寄っていく。夫は私を抱きしめると、甘い言葉を囁《ささや》いた。

「今日はありがとう、おいしかったよ。これからもよろしくね」

私の手に指輪が乗せられた。大粒のダイヤが光っている。私は夫の首に両手を回し、顔を近づけた。キスしたかった。夫は私の唇に軽くチュッとすると、さりげなく私の腕をはずしながら立ち上がる。

「疲れたなあ、明日も早いんだよ」

腰を伸ばし伸ばし寝室に消えていく夫に、私は何も言うことができなかった。優しい拒絶は、厳しい拒絶より何倍も残酷だ。恨みがましい言葉も捨てぜりふも投げつけることができない。

身体も気持ちも硬直していた。自分がみじめなのかどうかもわからない。ただ、夫が私を拒絶しているということだけはわかった。嫌っているわけではないかもしれないが、性的な関係をもつことを拒絶している。夫にとって、私は「女」でなくなっているということを突きつけられた。それは私にとって、嫌われるよりつらい事実だった。

子どもをもって少し落ち着いて、私は肉体的にも精神的にも「母」から「女」に戻りつつあった。自分の中の「女」の部分で「母」はカバーできるかもしれないが、「母」の部分で「女」はカバーできない。母としての初心者は、百パーセント母でいなくてはならなかった。その時期が過ぎて、私は夫という名の男に女として扱われたいと感じていた。だが、夫は「女」の私を拒否したのだ。悲しいというより、怒りに似たものがふつふつとわいてきた。

結婚したとき、いつも冷静な綾子に言われた。

「由香里、内心、あんな男と結婚してやったんだと思ってるでしょ」と。さすがに綾子は鋭い。世間から見れば、裕福な家に嫁に「もらってもらった」のかもしれないが、私の心の中では「結婚してやった」という気持ちが少しだけあった。夫は私よりランクの落ちる大学しか出ていないし、私は学内でミスに選ばれたこともある。子どもを産んでからだって体形は保っている。夫はもともとずんぐりむっくりだ。

夫はあまり社交的ではなかったから、会社関係の集まりやパーティには必ず私も一緒に出席した。そういう場所で、親しい人たちからは「美人で知的な奥さんで会社がもってるんじゃないの」と夫は面と向かって言われていたし、私も内心、美女と野獣みたいなものだと思っていた。

「疲れ切った果てに船があったから乗ってみましたって感じじゃないの？　疲労回復して、やっぱり遊びたいから船は降りる、離婚するなんて言い出さないでよ」

綾子はそんなふうに釘を刺したのだ。彼女は鋭すぎた。だが実際には、私は本当に疲れ切っていたから、船に乗ったらもう動く気さえなくなっていた。どきどきわくわくなんてしなくていい。夫という船に安心して乗っていたかった。

夫は船に乗るのは許してくれた。船頭もしてくれる。しかし、船頭と客という立場は変わらない。一緒に乗って、一緒にどこかへたどり着くという実感がもてなかった。彼にとって、「妻」というのは、明らかに公のものでしかないようだった。優しいけれど、夫といて心から満足できたことはない。何かが足りないのだ、私たち夫婦には。

私はひとりぼっちだった。初めての結婚記念日に、私は嫌というほど、夫が他人であると思い知らされた。これから一生、セックスしないで過ごすのかと思ったら、頭が割れそうに痛くなった。

悶々《もんもん》と日常を過ごしていた。このまま三十代を終わらせたくない、私は昨日より今日のほうが確実に年をとっている。一日でも若いうちに女であることを再確認したい。いや、そんなきれいごとを言っている場合ではなかった。ただひたすらセックスしたかった。それでも、独身時代のように男漁《あさ》りをすることはできない。自制心と飢餓感が、心の中で渦巻いていた。

娘が二年保育の幼稚園に入ってすぐのころだったろうか。せがまれて、アニメのキャラクターが登場するイベントに行ったときのことだ。私は娘と一緒のときは、タクシーを使わず、電車で移動するようにしていた。子どもに贅沢させると、ろくなことはない。私自身が特に裕福な家庭で育ったわけではないから、娘にも「普通の金銭感覚」を身につけてもらいたかった。

そのときも電車で行ったのだが、イベント会場の場所がよくわからず、新宿駅の近辺でうろうろしていると、「由香里じゃない」と懐かしい声が聞こえた。カメラマンの彼、小沢だった。ほぼ五年ぶりだっただろうか。

「ママ、痛いよ」

娘が情けない声を出した。動揺して娘の手を握りしめていたようだ。

私は声も出せずに、小沢を見つめていた。

「こんにちは」

何も言えない私を尻目に、小沢は娘の目線に合わせてしゃがみこんだ。人見知りしがちな娘がにっと笑う。

「僕はママの友だち。お嬢ちゃん、お名前は?」

「歌織」

「ママの若いときにそっくりだね。歌織ちゃんも美人になるよ」

小沢がこんなに世間慣れした会話ができる人だったなんて、私は知らなかった。五年という歳月は人を変えるには充分なのだろうか。

「元気そうだね」

小沢は立ち上がり、私の目をひたと見つめた。

「あなたも。相変わらず忙しいの？」

声がかすれていた。

「うん。最近は広告の仕事もあんまりなくてね。戦場やら難民キャンプやらへ出向いてるよ」

「どういうこと？」

「オレも年とったってことじゃないかな。あ、そうだ」

彼は胸ポケットから名刺を取りだした。

「今、ここが事務所兼自宅なんだ。よかったら遊びに来てよ」

住所を見ると、彼とつきあっているころ私が住んでいたアパートの近くだった。

「由香里の面影を偲《しの》んで、そこに引っ越したんだ」

顔を見ると、彼はにこっと笑った。冗談なのか本気なのか。

「歌織ちゃん。こっち向いて」

小沢はふと顔を上げた娘にレンズを向けた。いつもなら写真を嫌がる娘が、小沢に対してはまったく構えていないところが不思議でたまらない。

「写真ができたら電話するから、携帯番号、教えて」

教えない理由が見あたらなかった。

数日後、小沢から写真ができあがったという電話が来た。私はいそいそと彼の事務所兼自宅へ出かけた。彼は当然のように私を抱きすくめ、するすると洋服を脱がせていった。

「こうなることがわかっていて来たわけじゃない。だけど彼の強引さを拒めない」

私は頭の中で、自分に対する言い訳を考えながら、彼の唇を受けた。かつてなじんだ男の身体は溶けるほど心地よく、嚙《か》みつきたいほど愛しかった。彼が私の鎖骨を舌でなぞっていったとき、私の身体は勝手にのけぞって痙攣《けいれん》した。

「今も感じるんだね、ここ。鎖骨が感じると、こっちは……」

彼の手が私の下半身に伸びていく。自分でもはっきりわかるほど濡れている。

「やっぱり」

彼は笑いを含んだ声で言うと、音を立てて舐《な》めていく。

「やめて」

ようやく、か細い声が出た。

「やめていいの?」

ああ、昔もこうやってよくじらされたっけ。

「だめ、やめないで」

彼の繊細な舌遣いに、私の腰は浮き上がっていく。その腰をがっしり押さえて、彼は集中的に一点を責めてくる。

「我慢できない。入れて」

彼は聞こえないふりをする。

「お願い、早く入れて」

男を飲み尽くしてしまいたくて、私は焦《じ》れていた。早く私の中に入れてほしい。そして私はすべてを吸い尽くしたい。身も心もせっぱ詰まっていた。

彼が入ってきてぴたりと動きを止めたとき、私の口から大きなため息が出た。そう、これがほしかった。これでようやく、私は安心できる。私の中で、小沢のものは居心地よさそうにとどまっている。私の襞《ひだ》が少しずつ彼を締めつけていく。

「ダメだよ、そんなに締めちゃ」

「勝手に動くのよ」

あえぎながら私は答える。久々に出会った男と女の性器は、互いに囁きあい、阿吽《あうん》の呼吸でうごめきあっている。私は小沢を包み込むことで、自分の性器の形をしっかり認識していた。そして、襞の隅々までもが喜んでいることを実感した。

彼は突然、獣のように私を突き上げた。そして私も獣のように彼のすべてを飲み込み続けた。

結婚五年目にして、私は女に戻った。自分の中に、柔らかな流れのようなものをはっきりと認識した。結婚してからずっと、私はまるで、すかすかぱさぱさの干した寒天のような塊を抱えて生きていた。だが、女に戻ると、身体の中から柔らかくなれる。

私はやっぱりこの人から離れられないんだわと思いながら、小沢の胸に頬を寄せると、彼が言った。

「オレ、やっぱり由香里とは離れられない」

同じことを考えていたわと私は笑った。小沢は、私が結婚していることについてはまったく触れようとしなかった。夫がどんな男なのか、どんな家庭を営んでいるのか。まるで、私が独身であるかのように話をした。

そのときから小沢とは、切れそうで切れない糸をゆっくりと紡《つむ》いでいる。

恭子のお葬式の日も、まだ雨は降り続いていた。黒いワンピースの下は、アキラの大好きな濃紫の下着をつけ、薄いシルクのストッキングはガーターベルトで吊っている。

アキラとは一年ほど前、恭子と行ったバーで知り合った。当時、彼はバーテンダー見習いだったが、どこか人を逸《そ》らさない愛嬌があった。半年ほど前に店を移って、いっぱしのバーテンダーとして仕事をしている。確か、まだ三十代前半だ。店を移ったと連絡があり、義理でその店に飲みに行った。そこから関係が始まったのだが、なぜか身体の相性がよくて離れられない。お互いに恋愛だとは思っていないけれど、単なるセックスフレンドでもないような気がする。アキラが相手だと、軽口をたたけるし、ときには夫の愚痴《ぐち》も言えた。彼が決して何も深くは受け止めないからだ。

互いの心に深くは入り込まないが、身体だけのつきあいとも言い切れない。曖昧《あいまい》でいいのだ。曖昧なほうがいいのだ、私は既婚者なのだから。

小沢に会えないときの避難所がアキラだ。私がやっていることは独身時代から変わっていないのかもしれない。

お葬式は、彼女の親族と会社の人たちくらいしか来ておらず、こぢんまりとおこなわれた。お母さんはすっかり窶《やつ》れ果て、目の下のクマが目立つ。色白の肌が縮んでいるようだった。田舎で式を執り行うことも考えたらしいが、恭子はすでに二十年以上、東京で暮らしていたから、こちらで荼毘《だび》に付してから、田舎で納骨をすることに決めたと言っていた。

「昨日の女はもう来ないかしら」

理彩が不安そうに言う。それでいて、何か起こったらおもしろいかも、と思っていることは手にとるようにわかる。よくも悪くも、理彩はいつも単純なのだ。

「もし来たら、全力で阻止するわよ。いくらなんでも、彼女に恭子の死を冒瀆《ぼうとく》する権利はないわ」

綾子が憤然として言った。彼女はいつも正しい。

恭子の不倫相手の妻は来なかった。昨日の嫌がらせで満足したのだろうか。あるいは彼女自身も、もう疲れ果ててしまったのだろうか。恭子は私の友人だから、どうしても恭子の側に立った気持ちになるけれど、奥さんの立場になってみれば、やりきれない思いをどこにもぶつけられないのはわかる。自分の夫を自殺に追い込んだ女が、何の因果か一ヶ月後に死んでしまう。追いかけたのか、夫が彼女を呼んだのか。恨みつらみを投げつける場所もなく、夫の恋人の通夜に乗り込んで行くしかなかったのかもしれない。

それが彼女の夫への愛情なのか執着なのかはわからなかったが、私がもし奥さんの立場なら、絶対に行かない。それほど夫への執着心はもっていないから。そう思うと、夫に執着できるだけ、恭子の恋人の奥さんは幸せだったのかもしれない。

あるいは、その執着は、自分の「妻という立場」を冒されることへの恐怖心から来るものなのだろうか。奥さんのセーターの毛玉を思い出す。今どき、あれほど大きな毛玉をたくさんつけたままで、外へ出るというのは尋常ではない。そもそも、最近のセーターはあんな毛玉はできにくいものだけれど。わざわざ夫の昔のセーターを着てきたのだろうか。考えれば考えるほど、奥さんの行き場のない気持ちが表れているようで、何とも言えない複雑な気分になる。

出棺を見送ると、ちょうど正午だった。お母さんには火葬場まで来てほしいと言われたのだが、私たちはどうしても、恭子が焼かれる現場に行く気にはなれなかった。火葬場は悲しすぎる。機会を見て田舎に行くということで許してもらった。

三人で、近くのファミレスでランチをとることにする。

綾子と理彩は、次々とトイレに入り、喪服を脱いで着替えてきた。

「ずるいわ、あなたたちだけ」

「だって、私はこれから仕事に戻るんだもの」

綾子はワーキングマザーだ。二度の出産を経て仕事に復帰し、今はけっこうな地位にいるらしい。仕事の話はあまりしないが、ランチを待ちながらも、電話をかけては部下に指示を出している。私も代理店に勤めていたころは、仕事漬けの毎日だったたっけ。

「理彩、あんたはなんで着替えてるの」

「これからダーリンとデートなの。今日はダーリンの仕事が休みだから」

少女のようなふんわりとした淡いピンクのワンピースを着た理彩は、でれでれした笑みを貼りつけた顔で言った。

「結婚して一年もたって、しかも再婚で、まだラブラブなの」

嫌みたらしく言っても、理彩は笑っているだけだ。最初の結婚が破局したとき、彼女は落ち込んで死ぬの生きるのと大変だった。それから三年もたたずに、年上の大学教授と恋に落ち、再婚したのだ。どちらも再婚だからと式は挙げなかったが、レストランを借り切ってパーティをした。

「そういえば私の結婚パーティ、恭子は来なかったよね。外国に出張だって言ってたけど、今考えると、来たくなかったのかもね」

私たちはまた沈み込んだ。

「恭子は幸せだったんだろうか」

私は昨日から考えていることをつぶやいてみる。

「幸せ……かあ。彼女が何を幸せだと思っているかによるわよね。どうしても普通に結婚したい、そういう枠組みの中で子どももほしいという思いがずっと強かったのなら、幸せじゃなかったのかもしれない。だけど長年、一筋に愛せる人がいたわけだから、そういう意味では幸せだったかもしれない。たとえ一緒に暮らせなくても、本当に好きな人がいた人生って、悪くはないわよね。結婚しちゃうと愛だの恋だの言ってられないから」

　おや、と綾子の顔を見る。彼女は決して愚痴をこぼさないタイプだし、いつでも気持ちが安定しているから、仕事も家庭もうまくいっているのだろうと思っていたけれど、案外、いろいろ辛酸を舐めてきたのかもしれない。

「晴れて世間に公表できる関係じゃなかったのよ。幸せだったとは思えないけど」

　理彩の言い方には棘《とげ》がある。そういえば、理彩の最初の結婚が破局した原因は、夫の浮気だったたっけ。

「昨日、髪を振り乱して恭子の悪口言っていたあの人、恭子の彼の奥さんね。私、あんまり他人事《ひとごと》とは思えなかったんだ」

　理彩が目を伏せながら言う。長い睫《まつげ》がじんわりと濡れていくのが見えた。

「私も一歩間違ったら、ああなってた。みんなが止めてくれなかったら、相手の女のところに行って刃物を振り回していたかもしれないもん」

　理彩が結婚して一年もたたないうちに、夫の最初の浮気が発覚したのだった。理彩は一週間泣き続け、私たちを呼び出して「復讐《ふくしゅう》してやる」と宣言したこともあった。「今からあの女の家に乗り込む」と言う理彩を、恭子も含め、三人で必死に止めたっけ。あのとき、恭子はすでに家庭のある彼とつきあっていたのだろうか。そうだとしたら、恭子もせつない思いをしながら、理彩を止めたに違いない。

それぞれが、それぞれの物思いにふけりながらランチをとった。だが、誰もランチは残さない。しっかりデザートを追加し、何杯もコーヒーをお代わりする。自分も含めて女は怖い、したたかだと感じた。

アキラの指が私のタンガの脇から入ってくる。私は喪服を着たまま、脚を開いた状態でベッドにうつぶせにされている。両手は、アキラのネクタイで後ろ手に縛られた。アキラは私のお腹の下に枕を入れた。お尻を突き出したようなかっこうになる。彼は私の喪服のワンピースの裾をももまでまくり上げた。タンガをそろそろと膝まで下ろし、脚を開かせて、じっと見ている。視線が痛いほど身体に入り込んできて、私の中からじわじわとエロティックな気持ちが液体に変化して外へと出ていく。

「何もしてないのに濡れてきた」

アキラの声が弾む。

「我慢できないよ」

アキラは指で私の液体を掬《すく》い取る。そのままそこを指の腹で撫《な》で始めた。ぴちゃぴちゃと淫靡《いんび》な音が部屋に響く。ゆっくりと指を出し入れされ、私は背を反らした。息が苦しくなっていく。

「入れたい」

「だめ、舐めさせて」

アキラは私の顔の前にぐるりと回ってくる。突き出された垂直に立ったモノに、私は音を立ててむしゃぶりつく。アキラのうめき声を聞くと、ますます夢中になる。乱れている自分が好きだった。

彼の手がワンピースの胸元から無理矢理入ってきて、乳房をつかむ。指先で乳首をそっと触られると、私の喉の奥からすすり泣くような声が洩れた。

アキラはワンピースのジッパーを下ろし、私を仰向けにすると、ブラをずり上げる。今度は彼がむしゃぶりついてくる。再度四つんばいにされ、後ろから身体を貫かれた。

もっと乱暴にして、私をめちゃめちゃにして。ああ、いい。やめないで。思ったことを口走る。アキラは若いのに、自分をコントロールすることに長《た》けている。もっと、と言えばいつまでもしてくれるのだ。

彼は私の胸をわしづかみにする。それなのに乳首に触れるタッチは優しい。セックスのテクニックというものは年齢や経験に左右されるというよりは、天性のものなのかもしれない。

彼はネクタイをほどき、私の両手を自由にした。ついでにブラもワンピースもタンガも取り去り、ガーターベルトだけの姿にして仰向けにすると、私の両足を持ち上げて思い切り広げた。

早く入れて、早く。

彼がぐいっと入れてきた。目を見つめる。女の中に入っているときの男の目は、どこかせつなげだ。アキラは、腰を絶妙に動かし始める。前後に動かすだけではなく、あそこだけが別の生きものであるかのように円を描く。腰の動かし方が絶妙でなければ、あんなふうには突けない。

アキラと私は二時間ほど、少し休憩をとりながら、ずっと入れたり出したりしていた。アキラは、「そのうち、自分の店をもちたい」と夢を語る。彼なら、店をもってもうまく立ち回っていけるだろう。人の話を聞くのもうまい。それは彼が、きちんと相手と距離をとれるからだ。逆に言えば、情に流されるような男ではない。

アキラを残し、ホテルからひとりで出た。ラブホとビジネスホテルの境目のようなこのホテルで、彼と密会するようになってから、私はいつもひとりで出入りしている。彼とはセックスの現場だけの関係でいい。私たちの関係のすべては、そこに集約されているからだ。

少しだけ腰が重く、膝ががくがくして、ハイヒールで歩くのはつらかった。大通りに出ると、私はすぐにタクシーを止めるために手を上げる。

タクシーの中で少しうつらうつらとした。情事のあとはいつも、しばらくたつと急に睡魔に襲われる。深い快感で脳が疲れたんだろうなあと想像しながら、私は睡魔に身を任せた。

日常生活というものは、どうしてこんなに退屈なのだろう。娘が小学校に上がったばかりのころは、無事に学校に溶け込むことができるだろうかと心配ばかりしていたが、数ヶ月たった今では、すっかり学校生活になじんでいるのがわかるから、何の心配もしなくなった。歌織はひとりっ子のせいか、以前は人見知りがひどかったのに、今ではやけに愛想のいい子になった。日に日に友だちも増え、学校が楽しくてたまらないらしい。子どもの成長は目に見えるからおもしろい。

私の楽しみは娘だけだった。娘はこの先、どんどん成長して、親より友だちが大事になるときが来る。そうしたら、私は何を楽しみに生きていけばいいのだろう。

夫とは相変わらずだ。娘の前では「仲のいいパパとママ」だし、実際、仲が悪いわけではないけれど、私は夫を心の底から信頼しているとは言い切れない。いや、父親として、社会人としては信頼しているものの、夫として男として愛しているかどうかは答えが出ない。

だいたい、愛ってなんだろう、と私は思う。娘のことは無条件に愛している。たとえ彼女がどういう態度をとろうと、私の娘への愛情は、ぴくりとも揺らがないと断言できる。一生、変わらずに愛していくだろう。娘への気持ちは愛情だと言い切れるのに、相手が夫だとなぜ断言できないのか。そもそも、夫に限らず、大人の男と女の愛というのは、どういうものが理想なのか、よくわからない。見返りを求めずに愛し、受け入れることなのだろうか。そうだとしたら、私は小沢を無条件に愛していたのだろうか。愛していたとするなら、なぜあれほど簡単に小沢との関係を終わらせることができたのだろう。そして、今、なぜ再度、小沢と関係をもっているのだろう。愛がわからないだけでなく、自分の気持ちさえよく把握できなかった。

小沢とは、不定期に会い続けていた。月に一度のこともあれば、二ヶ月に一度のこともある。彼は仕事がすべてだったから、ひとつの仕事をやり終えて一息つかない限り、連絡してこない。ひょっとしたら、あのころと同様、私と会わない時期には、別の女に会っているのかもしれないが。私もあのころと同様、彼に詰問などしない。状況が変わっても、彼との距離感はあまり変わらない。彼自身の、他人との距離の取り方が決まっているせいだろう。いつも、どこか完全に心を開ききらないところがある。そこが魅力でもあるのだが、そこが不安でもあった。

ただ、私に家庭がある分、彼が今、何をしているかわからなくても焦りはなかった。あのころはやはり、本当は彼を独占したくて、なのにそれがかなわなくて、ひとりで空回りしていたのだと思う。独身の恋はサバイバルだから、生き残り争いの現場から自ら降りたのだ。深い傷を負う前に。

恭子の四十九日が終わった翌日、久しぶりに小沢から電話がかかってきた。

「明日、会える？」

「もちろんよ」

今の私は、小沢に対しては、なぜか気取りもかっこつけも必要ない。いつも素直でいられた。

「じゃあ、明日。待ってる」

彼は短く言って電話を切った。心なしか声に元気がないような気がしたが、彼は戦場から戻るといつも、少しだけ憂鬱《ゆううつ》そうだったから、それほど気にも留めなかった。

翌日、浮き立つような気持ちで彼の家へと出向いた。二ヶ月ぶりで彼の顔を見ると、青白く、頬がこけていた。肌が粉《こ》を吹いたように荒れている。単に疲れているだけではないのではないか。私の心配をよそに、彼はいきなり玄関先で私を押し倒してきた。これほど性急に求めるなんて……。

しかも、珍しく、彼は避妊をしなかった。たぶん、私は排卵期だ。だが、彼をそのまま受け入れることがうれしく、私はすべてを受け止めた。彼は何か心にたまったものをぶつけるかのように、身体をぶつけてきた。いつもとは何かが違う。終わったあと、私の身体に体重をかけてぐったりしている彼が、とてつもなく愛おしかった。そうっと髪を撫でてみる。若いころは針のように固かった髪が、さらさらと指からこぼれ落ちる。なんとなく張りがない。年齢を重ねるというのは、こういうことなのだろうか。

彼は私の顔をじっと見つめ、私の頬を指で撫でた。いつもならすぐにシャワーに向かうのだが、なかなか私から離れようとしなかった。私の手を握りしめてから、ようやく立ち上がってシャワーに向かう。玄関先の床に転がされていたから、背中が痛い。

やっと立ち上がると、彼が戻ってきて「ごめんごめん。大丈夫だった？」とバスローブをかけてくれた。

私がシャワーから戻ってくると、部屋中にいい香りが立ちこめている。

「おいしい豆が手に入ったんだ」

バスローブ姿で、コーヒーを入れてくれた。真っ白なバスローブは昔から彼に似合っていた。だが、横から見ると、身体の厚みが少し薄くなったように感じられる。疲れているのだろう。

昔から彼のコーヒーは、いつも絶品だった。豆にこだわり、挽《ひ》き方にも彼流の方法があるらしい。入れ方も私のようにがさつではない。ふたりでバスローブのまま、熱いコーヒーを味わう。確かに、香りも味もすばらしかった。なんともいえない深い滋味のようなものがある。そう言うと、彼はそれには答えず、突然言った。

「オレさ、ガンなんだよ」

低い声でつぶやく。すぐには言葉の意味がわからず、「え？」と聞き返した。

「先々週、海外から帰ってきてすぐに受けた検査結果が、先日出たんだ。進行性の胃ガンで、余命半年だって」

よめいはんとし？　余命って何？　半年って何？　しんこうせい？　頭がこんがら

がって、言葉が出てこない。

「悪い、由香里にこんなこと言うつもりなかったんだ。だけど急に会えなくなったら、きっと心配するだろうなと思って」

「死ぬの？」

私の口から思いがけない言葉が飛び出して、さらに私は焦った。そんなことを言うつもりはなかったのに。小沢は、一瞬、息を飲んだが、すぐにカラカラと笑い出した。

「そう、死ぬんだ。そうだよな、死ぬだけなんだよな。オレ、何を怯《おび》えてたんだろう」

彼はすでに半年以上前から、身体の不調を覚えていたという。だが、仕事が忙しかったのと、尋常な状態ではないかもしれないという恐怖感から、病院へ行かずにいた。ところが先日、海外から帰ってきた晩、自宅で身体中に激痛が走り、身動きがとれなくなった。どうにもならずに自分で救急車を呼び、それをきっかけに精密検査を受けて病気が判明したのだという。

「手術の成功率は二割。それでもどれだけ生きられるかわからない。このままなら余命半年。だけどさ、痛み止めの薬で数ヶ月は普通に暮らせるかもしれないんだって。だからオレ、手術しないことにしたんだ。医者に宣告されて、すぐにそう返事したよ」

「二割の成功率なら、手術したほうがいいんじゃないの？」

「寝たきりで一年生き延びたってしかたがない。この一週間、死ぬことが怖くてたまらなかったんだけど、さっき、由香里に『死ぬの？』と言われて何か吹っ切れたよ。誰だっていつかは死ぬんだから、その時期がわかっただけオレはラッキーかもしれない」

小沢は、何かに取り憑《つ》かれたように話し続けた。やはり恐怖感は拭《ぬぐ》えないのだろう。しゃべり続けることで、彼は恐怖をいっときでも忘れたかったのかもしれない。

私の耳に、彼の話す内容は届いてこなかった。彼が死んでしまう。そればかりを考えていたが、目の前にいるこの人が、さっき抱き合ったこの人が、この世からいなくなってしまうというリアリティがわいてこない。そのことに私は苛立《いらだ》つ。

気づくと、彼が私の手を握り、顔をのぞき込んでいた。

「オレの最後の願いを聞いてくれないか」

小沢はしんみりした口調で言う。この人がこんな言い方をしたことなんて、かつてなかったように思う。

「この先、オレは思い切り仕事をしたい。そして時間がある限り、由香里に会いたい。他に何の願いもないんだ。いい？」

自由でいること。何ものにも縛られないこと。それだけを願っていたはずの彼が、こんなことを言い出すなんて。

突然、目の前が霞《かす》んでいく。涙が流れていた。自分でも泣いているとわからずに涙があふれ出ることがあるということも、初めて知った。

「泣くな」

彼が私の髪を撫でる。私は子どもに戻ったように声を上げて泣きじゃくった。

「オレ、由香里と結婚していればよかったのかもしれないな。ごめんな」

今さらそんなことを言わないで。謝らないでほしい。いつも強気で、女なんか掃いて捨てるほどいる、という傲慢《ごうまん》さをもっているあなたが好きだったのだから。

悲しいから泣くのではない、泣くから悲しいのだという言葉があるけれど、私の涙は止まらなかった。途中から、なぜ泣いているのかもわからなくなっていた。それでも涙は止まらない。

「当分は大丈夫だから、心配しなくていいよ」

帰り際、具合が悪くなったらいつでも連絡して、と言った私に、彼はちょっと迷惑そうな顔でぶっきらぼうに言った。それで少しはほっとしたけれど、ひとりになったあの狭いアパートの部屋で、彼は何を考えているのだろうと思ったら、いても立ってもいられない気持ちだった。

彼のアパートに引き返したかった。気持ちは彼の元にあった。それなのに、私の身体は家へと急ぐ。娘が小学校に上がると同時に、家政婦さんは断った。あまりに暇だと、ろくなことを考えないから、せめて家事くらい自分でやろうと思ったのだ。娘はもう帰ってきているだろう。

自宅に戻って鍵を開けていると、隣の奥さんが顔をのぞかせた。

「歌織ちゃん、うちにいるわよ」

「すみません。遅くなってしまって」

奥さんの後ろから歌織が飛び出してくる。

「おばちゃん、ありがと」

歌織はそう言うと、私の顔を確認するように見つめる。子どもに心を見透かされるような気がして、はっとする瞬間がある。

「ママ、おばちゃんに紅茶とクッキー、ごちそうになった」

「すみません。ありがとうございます」

「いいのよ。いつでも預かるから言ってね。うちは子どもがいないから、歌織ちゃんといると楽しいの。歌織ちゃん、また来てね」

隣の奥さんの人のよさそうな笑顔に送られて、歌織と私は家に入った。彼女はもう四十代後半だろう。愛想のよいご主人と、週末はいつも腕を組んで出かけるのを目にする。仲がよくて羨《うらや》ましいと思っていたが、結婚してからずっと子どもができなかったのだろうか。ほしいのに子どもができない彼女にも、おそらく心の奥に暗い闇があるのだろう。

「ママ、気持ち悪いの？」

歌織が私をのぞき込む。この子は妙に神経が過敏なところがあるのだ。

「何でもないわよ、どうして？」

「わかんない。でもなんだか顔がヘン」

「大丈夫。それよりごめんね、帰りが遅くなって。お夕飯、何にしよう。歌織は何が食べたい？　一緒に買い物に行こうか」

歌織の答えを聞かずに、私はぺらぺらとしゃべり続けた。さっきの小沢のようだ。人は本心を見抜かれたくないとき、口先だけの言葉を並べたててしまうのかもしれない。

この先、小沢との距離がどうなっていくのかわからない。だが、娘を傷つけてはいけない。それだけは避けなければ。

「その昔、私がつきあっていた小沢というカメラマンのこと、覚えてる？」

一週間後の土曜の昼間、ランチをとりながら綾子と理彩に言ってみた。恭子のことがあって以来、私たちは頻繁に会うようになっている。

「覚えてるわよ。あなた、本当は彼のことが好きなまま、結婚しちゃったんでしょう」

綾子は記憶力がいい。

「ああ、思い出した。そうそう、彼は結婚否定の自由人だったのよね。あのころの由香里、つらそうだった」

理彩まで具体的なことを言う。人の恋愛は、なぜかみな細部まで覚えているようだ。

「そういえば、一回、紹介してもらったことがあったわよ。恭子も一緒に四人で食事をしているとき、たまたま彼が店にいて。モデルとか代理店の人とかと一緒で、華やかな感じの人だったわよね」

綾子がまたも細部を思い出す。理彩が、綾子の言葉にかぶせるように大声を出した。

「ああ、私、覚えてる。小沢さん、そのとき言ったのよ。『由香里は僕のステディなんです』って。ステディなんて言葉を使う人が本当にいるんだあって、すごく驚いたの、私」

「そのわりには、他の女とも関係しまくりだったけどね」

私は冷たい口調で突っぱねた。

「いや、そんな昔のことはどうでもいいのよ。実はね、私、ここ数年、また彼と会ってるの」

ひえーっと素っ頓狂《すっとんきょう》な声を上げたのは理彩。綾子は黙って私を見つめている。私は小沢と偶然、再会したこと、その後、小沢の仕事の合間に会い続けていること、そして彼が病気になったことを話した。話しながら、やはり泣いていた。

理彩がすぐにハンカチを出し、私の真横に座って背中を撫でてくれる。

「彼って天涯孤独なんじゃなかった？」

綾子はそんなことまで覚えていた。

「最後はどうするの？　あなたがお墓を建ててあげるわけ？」

そんなことまで考えられなかった。

「かわいそうだけど、手を引いたほうが賢明じゃない？」

「病気の彼を見捨てろっていうの？」

「だって、あなたには家庭があるのよ。それがご主人に知られたらどうするのよ」

綾子と私の間の空気が険悪になる。

「ダンナさんに何かがばれたら、昔の仕事仲間で天涯孤独な人なんだって言えば？

それも本当のことでしょう」

理彩が助け船を出してくれた。三人の間を沈黙だけが行き交う。

「私は、由香里が今の幸せを失わなければいいと思っただけ。彼を見捨てろというわけじゃないのよ。だけどあんなにつらい思いをしたんじゃない。今になってすがりついてくる彼に対して、なんとなく腹が立つの。由香里の気持ちを弄《もてあそ》んでいるような気がしてね」

綾子が少し口調を緩めた。

「過去は過去よ。今、由香里が彼のことを好きで、最後まできちんと向き合っていきたいなら、それを貫かないと。彼が亡くなったあと、後悔したくないでしょ」

理彩が妙にはっきりと言い切った。綾子と私の視線を感じたのか、彼女は照れたようにつけ加える。

「自分の思いを自分の中だけにとどめておいて、後悔するのは嫌だなって最近、思うのよ。やるだけやってみたほうがいいんじゃないかなって」

理彩はいつまでたっても、甘えん坊で少女趣味で単純だと思っていたけれど、人はいろいろな経験から、自分の哲学を見いだしていくのかもしれない。

「ありがとう、理彩。それにしても、どうしてこう短期間で、友だちや恋人が命を失っていくのかしら。私、耐えられない」

　自分が悪いことでもして、その天罰が身近な人に下っていくような気分だった。

「恭子のことも、小沢さんのことも由香里のせいじゃないわ。私たちがそういう年齢にさしかかっているということよ。でも、余命半年と知らされたときの気持ちって、想像するとたまらないわね」

「綾子だったらどうする？」

「私も彼と同じく、手術しないで、なるべく一日でも長く、普通の生活をしようと思うかもしれないわね。それとも、いちかばちか、手術に賭けるかなあ。子どもたちの年齢にもよるわね。由香里は？」

「私も考えているんだけど、結論が出ない。彼の気持ちもわかるし、二割の成功率に賭けたい気持ちもあるし……」

　私はそう答えながら、彼自身も揺れたのだろうと想像した。手術の成功率が二割だと言っても、そのまま五年生存できるかどうかは別の問題だと小沢は言っていた。しかも、身体の自由がままならずに生きていても、しかたがない、と。彼に家族がいれば、寝たきりであっても生きていたいと思ったかもしれない。

「理彩は？　どうする？」

「私はダーリンに迷惑をかけないように、病気のことは伏せたまま離婚して、ひとりで死んでいく」

理彩がやけにはっきり答えたので、綾子と私は顔を見合わせた。理彩らしくない。クールすぎる。

「本当に好きな人には迷惑をかけたくない。それが理想。でもね、実際に宣告されたら、たぶん、黙ってはいられない。ダーリンにすがって泣いて、死ぬときは手を握っててもらう」

理彩の目の縁に涙がこぼれんばかりにたまっている。それを見たら、私はまた泣けてきた。小沢がいなくなることが、現実としてひたひたとせまってきている。それが急に実感できたから。

私は退屈だと言いながら、流されるままに生きてきた。だが恭子が逝き、小沢にこんなことが起こっている。人の生には期限があるのだ。恭子や小沢のようなことが、私にだっていつ起こっても不思議はない。

小沢とはこれまでより、もっと頻繁に会えるようになるのかと思いきや、彼と次に会ったのはガンの告白から一ヶ月以上たってからだった。

アジアの難民キャンプ村で撮影をしていたのだという。

「子どもたちの顔を見ると、なんだか泣けてくるんだよ。こんな場所に生まれてしまったばかりに、彼らに未来はないいんじゃないかとオレは思う。だけど、彼らの目は澄んでいる。なんとかしてやりたい、だけどどうすることもできない。オレにできるのは写真に写った彼らの姿を世界に伝えていくことだけ。でも、それすらもうできなくなる。若いころ、あんなちゃらちゃらした仕事をしないで、もっと地に足をつけた仕事をしておけばよかった。そうしたら、何か違うものが見えてきたと思う。オレにはもう時間がない。今さらながら、命は惜しいと思うよ」

彼はふっと自嘲気味に笑う。

「いつ死んでも同じだという気持ちがあるのか、今回は危険なところにも入ってみたんだ。ここで死んだら本望だと思いつつ、やはり銃声が聞こえると怯《ひる》んでしまう。人間なんて情けないよ」

もう何も言わないで、と私は彼にすがりつく。少し痩《や》せてはいたけれど、彼の身体はまだたくましい。彼は何かをぶつけるかのように私を求める。この日も避妊はしなかった。彼の命を、私の中で育《はぐく》んでいけるなら、それでもいいと私は思い始めていた。

「私ができることは何でもする」

帰りがけ、私は彼の目をしっかり見てそう言った。

「さみしいときは、いつでも駆けつける」

彼は口の端だけ上げて笑顔を作ったが、目が少し潤んでいた。昔のような傲岸不遜《ごうがんふそん》なところは微塵《みじん》もない。彼の仕事が変化したせいなのか、彼の体調への不安がそうさせるのか、私にはわからなかった。以前の、強気一辺倒のオーラをまとった彼はかっこよかったけれど、今のほうが人間臭くて身近な感じがする。どちらがいいとも言い切れないが。

その後一ヶ月半、また彼とは連絡がとれなくなった。連絡くらい寄越せばいいのにと思う。こんなに心配しているのに。それでも私は思い直す。たぶん、私が心配していることくらい彼にはわかっているはずだ、と。わかっていながら甘えないようにすることで、彼はなんとか自分を保っているのではないだろうか。この推察が当たっていなくてもいい。ただ、彼が私を都合よく扱っているだけだとしても、それでいい。

次に会ったときも、彼は避妊しなかった。彼の胸に寄り添っていると、ぼそっと彼がつぶやいた。

「もうあんまり時間がないかもしれない」

「どういうこと?」

「痛み止めが効かなくなってる。明日から一週間くらいかけて、写真や部屋を整理して、病院に入ろうかと思ってるんだ」

言いながら、彼は手探りで枕の下から薬を取りだして飲んだ。至るところに薬が置いてあるようだ。

「何か手伝えること、ある？」

ないよ、と言いながら、彼は子どものころの話をし始めた。小学校に入ったばかりのころ、父親に映画に連れて行ってもらったこと、その後、父と母が離婚したこと。

「おふくろとふたりで、夜、家を出たんだ。寒い日でさ、オレはまだ八歳くらいで、何がなんだかよくわからなくて。『お母さん、寒いよ、家に帰ろうよ』って道の真ん中で立ち止まった。おふくろはオレを抱きしめて、静かに泣いてた。あれだけ静かに泣かれると、何かとんでもないことが起こっているんだということだけはわかった。それからどこへ行ったのか、全然覚えてないんだよね。その後、たった一間のアパートでおふくろとふたりで暮らしていたんだから、そのアパートに足を踏み入れたときのことを覚えていてもよさそうなものだけど、何も覚えてない」

覚えているのは、これからは母親とふたりきりだということ。そして、自分は男なんだから、母親を守っていかなければいけないと決心したこと。

「それなのに、オレが中学生になったころ、おふくろが男とつきあいだしてさ。つきあうのはかまわないけど、夜中に男が来るんだよ。おふくろのあえぎ声が切れ切れに聞こえて、オレは部屋の隅で布団にくるまって、息を殺して耳を塞《ふさ》いでた。おふくろの女の面を見せられるのは嫌だったなあ。それからおふくろは、何かが変わってしまったのか、しょっちゅう男を取っ替えてた。高校に入ったころ、ある日突然、おふくろが消えたんだ。男と逃げたという噂だった。それっきり行方は知らない。数年後、おふくろが死んだという話も聞いたけど、オレは捜そうとは思わなかった。オレ、自由でいたいと突っ張っていたけど、本当は女性とつきあうのが怖かったのかもしれない」

「言わなくていいのよ、そんなこと」

彼が痛々しくて、私は裸の胸に彼を抱きしめた。

彼は泣きながら、私の名を呼び続け、身体中にキスし続けた。彼が私の前で素直になった初めての時間だった。一緒に死んでしまおうか、という言葉が口から出そうになる。どうしたら彼の気持ちをなだめられるのか、私にはわからない。

私は翌日から、昼間、彼の部屋に通うことにした。一緒に写真を整理し、部屋を片づけるのだ。

「個展を開かない？」

初日、彼の写真の膨大な数に驚き、私は思わず言った。写真はそのつど、彼が整理してあったから、テーマを決めて写真を選べばいい。そういう目的があれば、彼も生きる力がわいてくるかもしれない。そう思ってとっさに言ったことだった。

「そんな時間、オレにはないような気がする」

「大丈夫よ。今回、入院して、少し体力を回復したら退院できるじゃない。部屋だって引き払うわけじゃないでしょ。退院したらここに戻ってくるでしょ。そうしたら個展をやろうよ。それまでに私、ギャラリーを決めておくから」

私は早く口から出さないと言葉が逃げてしまうかのように、早口でしゃべり続けた。言葉が逃げないように、彼の命が縮まらないように。それればかり思っていた。

「個展かあ。それなら、最近撮っている難民キャンプの個展をやりたいな。そこで募金活動もして、彼らに届けたい。子どもたちの命を助けてやりたい。教育も受けさせてやりたいんだよ」

彼の目に輝きが戻ってきた。

二日目も、彼はまだ元気だった。まずは私を抱き、それから部屋を片づけた。その間も、彼は子どものころの話を繰り返ししていた。まるで私に、自分が生きた時間の証人になってほしいとでも言うように。

三日目、彼は私を抱けなかった。一時間に一回は横になっていた。立ち上がると息が上がってしまう。人はこんなに一気に弱っていくのか。彼の元へ通うのが怖くなった。

四日目は、娘の学校の行事があり、どうしても行かれなかった。五日目は、娘が急に熱を出して家から出られなかった。いくらなんでも、熱のある娘をひとりで放っておくわけにはいかなかった。昼夜関係なく、彼にメールや電話をしたけれど、返事はなかった。

六日目の朝、彼から携帯電話にメールが来た。

「ごめん。もう無理だ。今日、病院に入る」

「今から行く。一緒に病院に行こう」

そうメールすると、

「ひとりで大丈夫。もう会えない」

とひと言だけ返ってきた。電話をしても、彼は出なかった。

不安でたまらなくなり、娘を送り出すとすぐ、彼の部屋に行ってみた。部屋はもぬけのからだった。

彼はものの見事に消えた。あの膨大な写真もなくなっていた。そして彼は、どこの病院に入ったのだろう。本当に病院に行ったのだろうか。昨夜、夜中に様子を見に行ってみればよかった。また後悔することがひとつ増えてしまった。

私はそのまま綾子の会社まで行き、ランチをともにした。

「後悔する気持ちはわかるけど……。それが彼の意志だと思うしかないわよね」

綾子は遠慮がちにそう言った。わかっている。私もそう思う。だが、ひとりで死の床に就いている彼の気持ちを思うと、いても立ってもいられないのだ。なぜあそこまで告白しておいて、最後の最後に甘えてくれなかったのか。結局は私が邪魔だったのか、あるいは動物が最期を迎えるときのように、ひとりでひっそり逝きたいと考えたのか。

さすがの私も、食べ物が喉を通らず、ジュースだけもらった。

「私、彼の子を妊娠したかもしれない」

そう言うと、綾子は思わずむせた。

「驚かさないでよ」

「私はまじめよ。たぶん、四日前に受精してる。なんだか身体がおかしいのよ」

「本当にそうだったらどうするつもり？」

「産むわ」

自分でも驚くほどきっぱり断言してしまった。

「ダンナさんの子として育てるの？」

私はしばらく黙っていたが、隠しておくのも嫌になってきた。

「うちね、できちゃった婚だったじゃない？　結婚してからは、実は一度もしてないのよ」

「一度も？」

綾子が顔を歪《ゆが》めた。

「一度もって、一度も？」

「そう。生活には不自由してないし、夫は優しいけど、仮面夫婦なのよ」

「うちも人のことは言えないけど、結婚してから一度もしてないっていうのはねえ」

「だから、夫の子としては育てられないかもしれない」

「今日、しなさい」

綾子はいきなり命令口調になった。

「無理矢理でも何でもいい。とにかく寝込みを襲ってしたことにしちゃいなさいよ。

そうすれば何とかなる」

あんまりまじめな顔で言うから、私はふふっと笑ってしまった。綾子もふと我に返ったようで、低く笑う。

「綾子がいてくれてよかった。ひとりだったら私、本当にパニックになるところよ」

私は思い直して、ランチを注文した。お腹の中に宿りつつある命のために。

そして何がなんでも、今日、夫を襲おうと決めた。小沢の命をつないでいくために。

第二章　理彩

恭子がもういない。その事実を、私はなかなか受け止めることができずにいた。大学時代のことが昨日のことのように浮かんでくる。

恭子、綾子、由香里と私は大学の同じ学部で知り合い、すぐに仲良くなった。他にも仲のいい人たちはたくさんいたが、気づくと、大事なときはいつも四人一緒だった。性格は違うのに、なぜか私たち四人は素直にその違いを認めることができた。

私は高校時代まで、女友だちができにくかった。中学のころはいじめられたこともある。自分では普通にしているつもりなのに、「かわいこぶりっこして」と女の子たちに陰口をたたかれていた。

だが、恭子も綾子も由香里も、そんなことはひと言も言わなかった。知り合って仲良くなっていったころ、中学時代、いじめられたと打ち明けたことがある。

「忘れなさい、そんなことは」

綾子はまじめな顔でそう言った。

「これからは私たちがついてるから大丈夫」

由香里はそう言って、にっこり笑った。

「理彩は理彩のままでいればいいのよ。人間は、みんな違うからおもしろいの」

恭子はそう言っていたっけ。

私が同じ学部の男子とつきあい始めたとき、あとの三人はからかいながらも喜んでくれたっけ。半年もたたないうちに、彼がアルバイト先の女の子ともつきあっていたことがわかり、私は三人に涙ながらに打ち明けた。するとと彼女たちは、彼を呼び出し、廊下の隅に追いつめて詰問した。渋々ながら、彼がふたまたの事実を認めると、綾子は彼に、ものも言わずにいきなり平手打ちを食らわせた。音を立てて彼の頬が鳴るのを、私はぼんやり見つめていた。

「理彩はね、あんたなんかとつきあうような女じゃないの！　こんないい子を裏切るなんて、絶対に許さない」

由香里はそう絶叫して、彼に詰め寄っていった。

「そうよ。理彩をバカにしないで」

恭子はそう言いながら、私以上にぼろぼろ泣いていた。彼は怯えたような目で、「ごめん」と頭を下げると、足早に逃げていった。

三人の剣幕に、私自身も怖れをなしてしまうほどだったけれど、彼の背中を見ながら、追いかけたい気持ちのかけらさえないのを感じていた。彼女たちがいてくれることを誰に感謝したらいいのかわからないような気持ちだった。

「理彩、ごめん。あなた自身より、私たちのほうが怒っちゃった。何か言いたいこと、あったんじゃない？」

綾子がくるりと振り返り、私の顔をのぞき込んだ。私は首を振るのが精いっぱいだった。由香里はそれを私が落ち込んでいると感じたのか、元気よく言った。

「怒鳴《どな》ったらお腹すいちゃった。何か食べに行かない？」

私も空腹感を覚えていたので、思わずふふっと笑う。三人は顔を見合わせてから、ゆっくり私に笑顔を向けてきた。

あのときの恭子の泣き笑いのような表情が、今も脳裏にこびりついている。

そんな恭子がもういないなんて。彼女がいないことを受け入れられないのに、一方であのお通夜のショックも私を打ちのめしていた。あのとき乗り込んできた、髪を振り乱した奥さんの姿に、私は自分を重ねていた。最初の結婚で夫に浮気されたとき、私もできることなら相手の家に乗り込んでやろうと思ったし、あのときの煮えくりかえるような気持ち、血が逆流するような怒りはいまだに忘れられない。

妻がいるのに会社の独身の女性に手を出した夫に、怒りは向けられるべきだった。だが、私は相手の女性を憎んだ。あの女が、私の夫を強奪しようとしているのだと、誰彼なく言いふらした。

私は恭子や綾子のようにキャリア志向はなかった。早く結婚して子どもをたくさん産んで、幸せな家庭を築きたいというのが小さいころからの願いだった。大学を出て、中堅商社に勤めたけれど、なかなかいい相手に出会えない。仕事帰りに習い事をしたり、年に一度は海外旅行をしたり、独身ＯＬがするようなことはすべてしたが、五年もたつと、そんな生活にも飽きてきた。

同期の女性たちはすでに転職、留学、結婚と新しい人生のために旅立っていった。残っているのは私だけ。このままだとお局《つぼね》扱いされると焦り始めたとき、運命の出会いがあった。

まるでドラマのようだった。書店で私が、イタリアの画家であるジョットの画集に手を伸ばしたとき、同じように同じ本に手を伸ばした男がいたのだ。

「あ」

同時にそう言って、同時に手を引っ込め、顔を見合わせた。次の瞬間、また同じ言葉を口にしていた。

「どうぞ」

そして私たちは同時に笑った。

「その画集、譲ります。代わりに一杯、つきあってもらえませんか」

彼の言葉に私は頷《うなず》き、画集をもってレジへ行く。

その十分後には、書店の向かいにある小さなイタリアンレストランで向かい合っていた。お互いに、相手がなぜジョットの画集を手にしたいと思っていたのかに興味があった。私はたまたま両親がイタリアへ旅したときにジョットのポストカードを買ってきてくれたのがきっかけだった。なぜか惹《ひ》かれた。絵を見たり描いたりするのは好きだったが、決して美術史に詳しいわけでもない。理由はなかった。ただ、吸い寄せられるように惹かれただけ。そう言うと、男は目を見開いてから大きく笑った。

「あはは、いやあ、びっくりした。動機まで同じだなんて。うちの両親もついこの間、イタリアに行っていたんです。パドヴァの礼拝堂でジョットの絵を見てきたらしくて」

「うちも一緒」

「同じツアーだったりして」

私たちはまた笑い、そこでまだ名前も知らないことに気づいて、ようやく名乗りあった。滝沢雄一郎。かっこいいようなよくないような、つまりはなんてことのない名前だった。

「私は、安藤理彩。理科の理に彩りという字で理彩」

「理彩さん。いい名前ですね。あなたにぴったりだ」

彼はしみじみと言った。いい名前だと言われたことはあるが、自分にぴったりだと思ったことはなかった。

「語感が明るいでしょ、リサって。それがあなたの華やかな雰囲気に合ってると思う」

いい人なんだなあ、と思ってしまった。それが悪夢の結婚生活への第一歩だなんて、そのときは当然のことながら、考えもしなかった。

綾子と由香里と恭子に雄一郎を会わせたのは、つきあって一ヶ月もたたないころだ。私と雄一郎が出会ったときに行ったカジュアルなイタリアンレストランを予約し、五人で会った。その場はとても楽しかった。雄一郎は人を和ませる術《すべ》を知っているから。

メーカーの営業という職に就いていたのだが、彼には天職だと言える。

女友だち三人も、彼とすっかりうち解けているように見えた。ところが数日後、女だけで会うと、必ずしもそうではないことがわかった。

「私は水を差すつもりはないの。だけど彼、優しい上に愛想が良すぎる。あの優しさが理彩だけに生涯、向いてくれるとは限らない。そういうタイプの優しさをもっているような気がするのよ」

綾子は、そう言った。

「いい人じゃない。見た目もいいし、理彩と並ぶとお似合いだと思うけど」

由香里はあっさり言い切った。恭子の言葉を覚えていないのは、もしかしたら彼女が不倫の恋に落ちたばかりで、何も言わなかったせいかもしれない。

私と雄一郎は、その裏で、出会って一ヶ月で結婚を決め、三ヶ月で結婚してしまった。当時は携帯電話もごく少数の人たちしかもっていなかったけれど、つきあっている間、彼は私を不安がらせないように、しょっちゅう電話をくれたし、会社に連絡してきて「今日、早く帰れそうだから、ご飯でもどう？」と言うことも頻繁にあった。

デートの最中、私の上司とばったり会ったこともあったが、彼はきちんと名乗って「結婚するつもりでつきあっています」と堂々と言った。

「あいつはなかなか見どころがあるんじゃないか」

翌日、上司にまじめな顔で言われた。

「理彩ちゃん、あの人は離しちゃダメよ」

母もそう言っていた。つまり、誰からも祝福されるような結婚だったのだ。

ただ、私は綾子の心配をわかっていた。心のどこかで私も同じような不安を抱いていたから。それは、彼の言動から、いつか裏切られるんじゃないかと思っていたというよりは、こんな幸せは長くは続かないのではないかという私の単純な不安だったのだけれど。男が女に夢中になる期間は限られている。その間に結婚を決めてしまおうと思ってはいたが、結婚はゴールではなく、スタートだったのだ。

二十七歳で結婚し、夫の浮気が発覚して、私にはそのことがわかった。新婚半年で、彼は帰宅が遅くなるようになった。

「仕事が忙しくてさあ」

と彼は言っていたし、夜中に帰ってきて私を抱くこともたびたびだったから、最初のうちは信じていた。だが、外泊するようになると、さすがの私も疑わざるを得ない。

「バーで寝ちゃって気づいたら朝だった」

「終電でとんでもないところまで行ってしまったから、ホームのベンチで寝てた」

わけのわからない言い訳を信じたかったけれど、「信じちゃいけない」と頭の中で赤いランプがぴかぴか点滅している。

相手の女から「あたしぃ、お宅のダンナさんとつきあってるんだけどぉ」という電話をもらったとき、私の中で何かが切れた。女は語尾を伸ばす独特の言い方で、自分たちがどんなに愛し合っているかとか、彼が自分の身体から離れられないと言ったとか、私をかっかとさせるようなことを次から次へと話した。

「奥さんって、床ベタなんだってぇ？　彼が、妻とは義理でしてるんだって言ってたのよぉ。エッチ下手だと嫌われるよぉ」

今思えば、電話を叩き切りもせず、ずっと聞いていた私も私だが。

綾子たちを呼び出し、私はぼろぼろ泣きながら言った。

「私、これからあの女に会って殴り飛ばしてやる」

「気持ちはわかるけど、理彩がまず怒らなくちゃいけないのは、ダンナに対してだと思うわよ」

綾子は正論を言い放つ。

「一緒に行ってあげる」

そう言ったのは由香里。あのときも、恭子は黙っていたような気がする。やはり、彼女は、すでに家庭のある男とつきあっていたのだろう。

そういえば、ひとしきり話をしたあと、恭子がぽつりと言ったのを思い出した。

「理彩のことを言うわけじゃないの。一般論としてだけど、浮気される奥さんにいけないところはないのかな」

そう、確かに恭子はそう言った。あとのふたりが何と答えたか忘れたけれど、恭子は私のほうを見ずに、目の前にあったコップの縁を見つめながら、つぶやくように、だが少し吐き捨てるかのように言ったのだった。

そのときは下品な若い女に飽きたのか、夫の浮気はおさまった。だがまた、半年もしないうちに次の女が現れたようだ。そうやって次々浮気を重ねる夫に、私は二年もすると慣れてしまい、怒ったふりをしながら内心、あきれ果てていた。こんな男との子どもはほしくないと思ったから、夫に内緒でピルを飲み始め、夫を待つだけの専業主婦にも飽きたので知り合いのブティックで働きだした。

誰にも言ってないけれど、私も浮気をしたことがある。仕事帰りに、夫は今夜も遅いんだろうなと思ったら、急に家に帰りたくなくなり、ひとりでバーに寄った。仕事仲間と何度か行ったことがある店だったから、軽く飲んで簡単な食事をとろうと思ったのだ。そのとき出会った男と、その晩、寝てしまった。相手も何度か店に来たことがある人らしいのだが、私は初対面だったし、自分が初対面の男と寝てしまうような女だと思わなかったので。自分でも驚いた。

「すごく素敵だよ、きれいだよ」

男はそう言い続けて、私を抱いた。

「あなたみたいな素敵な女性とこんなことになるなんて。本当にうれしい」

男は私と寝たあと、そう言った。リップサービスであってもうれしかった。「エッチ下手だと嫌われるよぉ」と言った、夫の最初の浮気相手に聞かせてやりたい。そう思った。私は何年かたっても、あの若い女の言葉を根にもっていたのだ、とらわれていたのだと、そのとき気づいた。

男と寝るということが、これほど簡単なことだとは思わなかった。夫が次々と女を取っ替えひっかえしていることに、ひょっとしたら罪はないのではないかと感じたほどだ。何年もつきあって情が移るような関係より、数ヶ月単位で浮気を繰り返している関係のほうがまだましかもしれない。

私は、その後、スポーツジムで知り合った男とも寝た。まるで運動の続きでもあるかのように、すっきりした気分にはなったが罪悪感は覚えなかった。一方で、そのときはさすがに少し怖くなった。自分の新たな面が出てきたのか、あるいは眠っていた本性が目を覚ましたのか。別の男に身体中を触られ、舐められ、ぞくぞくするほど気持ちがよくなっていく自分が怖かった。同時に、何もかもから解き放たれていくと感じてもいた。

たまの浮気を繰り返す妻と、たびたび浮気している夫の組み合わせは、七年ほどで破綻《はたん》した。夫と一緒にいることに意味を感じなくなってしまったのだからしかたがない。

「結婚なんて意味を見いだすようなものじゃないでしょ。日常生活なんだから」

離婚しようと思うのと相談したとき、やはり綾子はそうやって正論を言ったっけ。

「いいじゃない、これだけ浮気を繰り返されたら理彩だって、いいかげん嫌になるでしょう。あんたなら大丈夫。もっといい男が見つかるわよ」

由香里は励ましてくれた。浮気を繰り返しているのは私も同じだとは言えなかった。私のは発覚していないだけ。回数の問題ではなく、浮気したという事実においては、夫と私は同罪だった。

夫はあっさり離婚に応じた。お互いに結婚に向いていなかったのかもしれない。貯金は全部あげる、と夫は言った。全部といっても二百万円だ。七年の結婚生活と、夫の浮気三昧という事実を考えれば、慰謝料はもっともらえるはずだと綾子は言ったけれど、私はもうめんどうになっていた。私だって、夫を責められる立場ではなかったのだから。

二百万円と、身の回りのものをもって、私は実家に戻った。それでも、私は子どもを産んで幸せな生活を送るという夢を捨てられなかった。だから離婚後は、アルバイトやパートを転々としながら、常に男を探していた。それでも、なかなかこれという人に巡り会えない。このまま実家で親と暮らしながら老いていくのもいいかもしれないと思ったこともある。

ようやく出会ったのが今の夫だ。前の結婚をしていたころ、私は本格的に絵に興味をもつようになり、自分でも油絵を描くようになった。離婚後、とある美術大学が一般に公開している絵画の講義があり、それに申し込んで週に一度、通っていた。そのとき教えてくれた教授が、私に興味を抱いたらしい。

講義後に質問をしに行ったのがきっかけで、学内の食堂で一緒にランチをとるようになった。

「次は夕飯でも」

そう言われたところから、彼との関係は始まった。大学教授の夫は、少し変わったところもあるような気がしたが、とにかく優しい人だった。

恭子のお葬式のあと、私はファミレスでふんわりしたワンピースに着替えた。

「これからダーリンとデートなの」

そう言ってみんなにからかわれたけれど、正しくは「夫の趣味につきあう」と言うべきだった。

つきあって半年ほどで再婚したのだが、正式に婚姻届を出してから、夫は急に本性をあらわにするようになった。

「明日、理彩に一緒に行ってほしいところがあるんだ」

結婚して一ヶ月たったある土曜日の夜、夫は少しだけ緊張したような面持ちで、そう言った。彼が行きたいところならどこでもつきあう、と私は喜び勇んだ。それほど今の夫が私は好き。いつも「理彩はかわいい」「理彩、愛しているよ」と言葉で愛情を伝えてくれる。言葉では何とでも言えると考えている人もいるかもしれないけれど、言わなければ伝わらないというのも事実だ。愛情はいつもいつも、きちんと言葉で伝えてほしいというのが女心ではないだろうか。なんたって、愛は生《なま》ものなのだ。放っておけば腐っていく。

夫は週に一度は花束を抱えて帰宅する。十歳も年上だけれど、週に三回は私を抱いてくれる。「理彩と一緒にいるときがいちばん幸せだよ」というのが、彼の口癖だ。セックスなんて好きでも嫌いでもないと思っていたが、私は今の夫と知り合って、大好きになってしまった。前の結婚のとき、何度か浮気はしたが、あくまでも身体だけの関係。物理的な快感は強まっていったものの、心から満足したわけではなかった。今の夫とのセックスと比べてみるとよくわかる。身も心も満足してこそ、女はすべてが柔らかくなっていくのではないだろうか。

「ねえねえ、どこに連れて行ってくれるの？」

私が何度聞いても、その夜、夫は答えなかった。代わりに激しく私を抱いた。

「理彩はオレのものだよな」

何度も何度も、鬼気迫るように繰り返しながら。夫がそんなふうに激しい面を見せることはなかったから、私は少し驚いた。だが、それも夫の愛情なんだと思い、「理彩はあなたのものよ。離さないで」と言い続けた。

翌日、夫に連れて行かれたところは、怪しくて妖《あや》しいパーティだった。マンションの一室で繰り広げられている光景に、私は目まいがして倒れる寸前だった。男の囁《ささや》く声、女のよがり声、時折、悲鳴さえ聞こえる。

「ほら、見てごらん」

夫に言われて薄暗い室内で目を凝らすと、そこでは全裸の男女が十人近く、入り乱れて絡み合っていた。

私は息が詰まりそうになり、部屋の隅で服を着たまま固まっていた。涙があとからあとからこぼれてくる。夫は私の横に座って、髪を撫でながら耳元で囁く。

「オレは理彩が他の男に抱かれているところが見たいんだ。理彩が目の前で犯されて、感じて、どうしようもなくなってイクところが見たい。理彩を愛しているから」

私はわけがわからなくなる。なぜ？　私を愛しているなら、どうしてこんなところに連れてくるの？　聞きたいけれど、しゃくりあげてばかりで言葉が出てこない。夫は私の胸元に手を入れ、優しく胸を愛撫してくる。

「自分が他の女としたいんでしょ」

私の口から、そんな言葉が飛び出した。夫は動揺したそぶりも見せない。低い声で、私の脳を麻痺させるように囁き続ける。

「違うよ。オレは他の女を抱きたいとは思わない。理彩がイクところを見たいんだ。他の男として、オレのときより激しくイッてしまうところが見たいんだ」

「私はあなたとでなければ感じない」

「やってみなければわからないよ」

「嫉妬しないの？」

「するよ、絶対。死にたくなるほどつらくなると思うよ。だけど理彩をもっと愛することができると思う」

「あなたの言っていることがわからない」

「オレのこと、好き？」

「大好き、死ぬほど好き」

「オレのためなら何でもできる？」

「できる」

「じゃあ、してみてほしい。頼むから」

　夫を見ると、彼の目は真剣だった。ぞっとするほど凄惨《せいさん》な光を放っていた。何を考えているのかわからない。だが、夫が真剣なことだけはわかった。本気で、私を他の男に抱かせたいと思っている。それだけはずしんと伝わってきた。

　夫が誰かに目配せしたのだろうか、寄ってきたふたりの男たちが、私の胸を愛撫したり脚を撫でたりしてきた。嫌、やめて、と言いたいのだが、私に寄り添い、手を握っている夫の手に力が入っていて、私は言葉を出せなかった。着ていたカットソーをたくしあげられ、ブラから胸がつかみ出され、ひとりの男が私の胸に吸いついてくる。

もうひとりが下半身をそっと撫でている。壁にもたれて座ったまま、助けを求めるように夫を見ると、夫は私にキスしてきた。キスをしながら、私の身体を男たちが触りやすいようにし向けているのがわかる。男たちも、それに応えるかのように、身体中を舐め続けている。

「感じていいんだよ」

夫が言う。私は首を振った。夫は寂しそうな目で私の目をじっと見る。私の知らない夫の眼差《まなざ》しだった。この人はなぜこんなに哀しい目をするのだろう。

そのとき、身体中に電流が走った。身体が勝手にがくがくと動き始める。乳首を優しく、だがすごい勢いで舐められ。下半身もいつしかむき出しにされてクリトリスを舌で刺激されていた。両方の突起から身体中に電流が走っている。男たちの手が身体中を這《は》い回る。私は必死に歯を食いしばった。

「感じてるんだろ。声を出せ」

夫が耳から吹き込む言葉で、私の脳は決壊してしまう。何がなんだかわからなくなった。

「すごく濡れてる」

男の声が遠くで聞こえる。次の瞬間、私の身体は突き上げられた。三人の男に身体を押さえつけられ、身動きがとれない。突き上げられている身体の中心から、放射状に快感の波が散っていく。いや、散っていくのか押し寄せてきているのか、私にはわからない。身体中から何かが頭のてっぺんに駆け上っていく。どのくらい、それが続いたのかわからない。我慢ができなかった。私はすべてを吐き出した。誰か助けて。死んでしまう。

「理彩、理彩」

誰かに頬を打たれる音がする。目を開けると、夫が心配そうにのぞき込んでいた。身体中の力が抜けて起きあがることさえできない。

「大丈夫か？」

目を移すと、夫以外に男がふたりいる。ひとりは夫と同年代、もうひとりは二十代か。ふたりとも人のよさそうな顔をしているなあとぼんやり思う。なぜみんな、心配そうに私を見ているんだっけ。

夫が水を飲ませてくれる。冷たい水が喉から胃まで落ちていくのがわかって、とても気持ちがいい。ようやく目の焦点が合ってきて、夫の顔がはっきりと見えた。その瞬間、私は自分の置かれた状況を思い出した。

「気持ちよかった？」

夫に聞かれて、すべて理解した。思わず顔を両手で覆う。

「とっても素敵でしたよ」

年嵩《としかさ》の男が言った。この人が、あの快感を与えてくれた人？

「本当に素敵です。僕もお相手してほしかったなあ」

若いほうの彼の言い方がおかしくて、私はふふっと笑った。夫に支えられて、ようやく上半身を起こす。

「ごめんなさい、何がなんだかわからなくなってしまって」

「気持ちよすぎて失神しちゃったんだよ」

夫が優しく言った。夫の寂しげな目がよみがえる。今、夫はとても満ち足りた表情をしていた。この人が喜んでくれたのなら、それでいい。そんな気がする。

その日はそのまま、ふたりでそのパーティを辞した。帰りの車の中でも、私はずっと無言だった。夫がどう思っているのか、気になってたまらなかった。本当は自分以外の男であれほど感じてしまった妻を疎《うと》ましく思っているのではないか。そもそも、なぜ私をあんな場所に連れて行ったのか、やはりわからない。不安だった。夫は私を本当に愛していると言うけれど、信じていいのかどうか。新婚一ヶ月で、なぜこんな状況に陥っているのか、私にはわからない。

考えているうちに、だんだん黒い影に飲み込まれていくような気持ちになり、私は声を押し殺して泣いていた。

「どうしたの？」

夫は私の気持ちなどまるでわかっていないようだ。

「オレ、今、本当に満足しているんだ。理彩がどんなにオレのことを愛してくれているかよくわかった。オレ、絶対、一生、理彩を大事にしていくよ」

夫はひと言ずつ区切りながら、力を込めて言った。

「だから理彩は何も心配しないで、自分の快感を追求していけばいいんだ。どんどん気持ちよくなればいい。理彩の快感がどこまでいくのか、オレも知りたい。わかった？」

「あなたは私を嫌いにならないの？　あんな私を見て何とも思わないの？」

子どものようにしゃくりあげながら、私はいちばん聞きたいことを尋ねる。どんなに歯を食いしばっていたとしても、自分が絶叫していただろうことは想像できる。身体中が痙攣もしていたはずだ。それは、自分以外の男によってもたらされた、妻が快楽地獄に堕《お》ちていく姿だ。夫にとって、どうしてそれが「きれいに」映るだろう。

「言っただろ、すごく嫉妬するよ。オレより他の男のほうがずっと気持ちよくて、そのまま他の男を好きになってしまったらどうしようと思うよ。理彩がいなくなったら、オレは生きていけないんだから」

夫は道ばたに車を止めた。私のほうへ向き直る。夫は泣いていた。

「あの男が理彩の中に入っていったとき、オレ、本気で男を突き飛ばそうと思った。理彩が感じているのを見て、ものすごく複雑な気持ちになった。オレ、何やってるんだろうって思ったよ。だけどイッたときの理彩の顔がものすごくきれいで、見とれた。こんないい女がオレの妻なんだと思うとうれしくて……。だけどつらくて」

「快感なんて地獄みたいなものよ。きれいなはずがない」

私は夫をばしばし叩きながら泣いた。夫は助手席を倒して私の上に乗ってくる。

「やめて。私、もうあなたとする資格なんてないんだから」

「本当に好きなんだ、理彩。言葉では言い表せないくらい、好きでたまらないんだ」

夫は私のストッキングを破き、下着を下ろすと、いきなり入ってきた。すでにゆるゆると潤んでいる私は、すんなり夫のモノを受け入れる。いや、やめて、したくないと言いながら、さっきと同じ感覚がよみがえってくる。腰が勝手に動いていく。

「いい？　感じる？」

「うん」

「さっきの男とどっちがいい？」

「あなたのほうがいい」

「本当？　本当か？」

夫はやるせないような声を出し、私の片足を持ち上げて、力の限り突いてくる。狭い車内で私は脚を思い切り広げられ、もう何も考えられない。考えなくてもいいんだという気持ちになった。


夫の趣味はだんだんエスカレートしていった。月に数回訪れる、スワッピングパーティでは、私は他の男とするのが当たり前のようになっている。不思議なことに私もだんだん嫌ではなくなっていったけれど、夫の目の前で他の男に抱かれるのは、いつまでたっても慣れなかった。私が嫌がれば嫌がるほど、夫は私を説得し、めいっぱい愛情を注いでくれる。夫の愛情に応えるために他の男に抱かれるというのは、どう考えてもよくわからないのだが、私は深く考えないようにしていた。そうするしかなかった。

恭子のお葬式のあと、夫は私たちが食事をしているファミレスの近くまで迎えに来てくれた。

「いいわねえ、デートだなんて」

これから出勤するという綾子は、本気で羨ましそうだった。由香里は喪服のまま家に帰ると言っていたけれど、どことなくそわそわしているように見えた。

「綾子さん、由香里さん。たまにはうちにも遊びに来てくださいよ」

夫はふたりにも気軽に声をかけた。綾子も由香里もうなずき、手を振って去っていく。

「今日は違うところに行ってみようと思うんだ」

夫は車を発進させながら言った。横顔を見ると、こめかみがぴくりと動く。彼が緊張している証拠だった。

「怖い思いをさせないで」

不安になった。

「大丈夫だよ。オレはどんなときも理彩を愛してるから」

夫は自分自身の思いに埋没しているようだ。

連れて行かれたのは、瀟洒《しょうしゃ》なマンションの一室だった。世の中では、あちこちでこんなことがおこなわれているらしい。

「みなさん、お待ちかねですよ」

五十代だろうか、ハーフのようなはっきりした顔立ちの素敵なマダムが微笑んだ。

「きれいな奥様ね」

マダムは私にも婉然《えんぜん》と微笑む。夫は彼女とどこで知り合ったのだろう。これから何が始まるのだろう。不安で押しつぶされそうになる。夫に尋ねようと思ったとき、夫は私の手を引いてバスルームへと導いた。素早く全裸になり、私の服も脱がせていく。脱がせながら、全身にキスしてくれる。

夫は、泡立ちのいい薔薇《ばら》の香りのするボディジェルを使って、私の全身を洗っていく。下半身で手を止め、指で私の敏感なところを触り始める。とたんに私は膝から力が抜けた。

「まだイクのは早いよ」

夫は硬い表情のままだった。バスルームから出ると、深紅のシルクのガウンを着せられた。顔の上半分が隠れるような仮面がつけられる。ヨーロッパの仮面舞踏会のようだ。何か言おうとすると、夫に唇で口をふさがれた。夫に手をとられて、別室へとおもむく。しんと静まりかえった広い部屋には、私と同じような仮面をつけた男たちが五人ほどいた。夫もいつの間にか仮面をつけている。

「こちらはマリアさん。初めてなのでお手柔らかに」

マダムが私を紹介してくれた。私は、ここでは「マリア」と名乗ることになっているようだ。

夫が私を誘い、部屋の真ん中に敷かれた布団に寝かされる。ふんわりした布団は気持ちがいい。カバーもシルクのようだ。夫が「何も考えなくていいからね。怖くないから。目を閉じて」と耳元で囁く。私は安心して目を閉じた。

夫の手がガウンの裾から入ってくる。下に何も着けていない私は、夫の手が妙に冷たいのを感じていた。だが、夫は的確に私のクリトリスを刺激する。指の刺激だけではない、熱いものを感じて薄目を開けると、男たちが乗り出しているのが見えた。中には、私の下半身に顔を埋めるかのように近づいて見ている男もいる。

恥ずかしくて身をよじるが、夫は私の脚を自分の脚で固定する。大きく開かれた下半身をいじられ、それを男たちに見つめられている。それだけで私はあっけなくイッてしまう。夫は私を休ませることなく立たせた。男がひとり、縄を持って私の前に立つ。

「痛くないから大丈夫だよ」

夫は私の横で囁く。男はガウンがはだけたままの私に縄をかけ始めた。縄が肌に食い込んでいく。痛みは走るのだが、なぜか気持ちがいい。男はときどき私の乳首を指先で撫でたりはじいたりする。そのたびに私の身体ががくんと揺れる。夫がすかさず支えてくれた。縄が私の下半身に食い込んだ。ふっと意識が遠くなる。胸とお尻が強調され、私はボンレスハムのように肉の塊へと化していく。

縛り終わると、男はごろりと布団に私を転がした。他の男たちが自由のきかなくなった私の身体を好きなように触ってくる。

「深紅のガウンがはだけていて、理彩の白い肌が見えてる。縄が理彩の肌に食い込んで、とてもきれいだよ」

夫が私の耳元で囁きながら、大きく突き出た胸を指先でつつく。

下半身からとろとろと液体が出ていくのがわかる。ひとりの男が私の下半身の縄を必死にずらしながら、低くつぶやく。

「縄がびちょびちょだ」

下半身の縄は、わざと緩くしてあるらしい。縄の間から男たちの指が差し込まれていく。

「マリアさん、きれいだよ」

男の声が聞こえた。もうどうにでもして、という気持ちになっていく。

「どうしてほしいか言ってごらん」

夫が尋ねる。

「いや、やめて。お願い、あなた。やめさせて」

私は身体をくねらせながら言った。縄がクリトリスを刺激し、男たちに代わる代わる指を入れられ、本当はもう我慢ができなくなっている。だが、やめてと言ったほうが夫が燃えることも知っていた。実際、ここで全員に犯されてしまうのかと思うと怖くもあった。

下半身の縄がずらされた。私は後ろ手に縛られたまま、上半身を夫に支えられている。無抵抗だ。いやいやと首を振りながら、「やめて」と絶叫する。だが、夫が合図を出したようで、男が狙いを定めたように太いペニスを突っ込んできた。根元まで入れてぴたりと止める。

「いや、やめて」

言いながら私は腰を振った。腰が勝手に動き出してしまった。夫が私にキスをしてくる。舌をからめながら、私は動けないのに腰だけ振り続ける。

その後は、狂乱の時間が過ぎていった。私の口には常時、誰かのペニスが突っ込まれ、同時に下半身にも誰かが入れて動かしていた。いつしか縄も解かれ、全裸になり、男たちの手と舌とペニスでどろどろにされていった。一度たりとも我に返ることはなく、非現実の中に溶け込んでいた。脳の回線は途切れたままだった。

ふと気づくと、夫が私の髪にドライヤーをかけている。私は、タオルのバスローブを着ていた。失神したのか眠り込んだのかわからないが、意識のない私を、夫はバスルームできれいにしてくれたようだ。ひょっとしたら、誰か別の男にも手伝ってもらったのかもしれない。そういえば、誰かに顔に射精されたような気がする。定かではないが。

メイクも落とされ、素顔だった。素顔の私が鏡の中でぼうっとしている。

「きれいだよ、理彩」

「肌が光ってるわ」

いつしかマダムがやってきていた。

「どうぞ」

香りのいいハーブティーが目の前に出される。私は現実感のないまま、きれいなカップに手をかけ、ゆっくり飲む。

夫がマダムとこそこそ話している。妙に親しげだ。誰がいくら払って、こんなことをしているのか。あのマダムはいったい誰なのか。夫とはどういう関係なのか。わからないことだらけだったが、私は夫に問いただしたりはしなかった。

それでも、家に帰れば現実の生活が待っている。夫は相変わらず優しいし、私は夫を心から愛していた。彼を失うくらいなら、死んだほうがましだと思っている。それなのに、小さな小さなトゲが、心の奥深くに刺さっているような痛みが抜けなかった。何も知らなかったころに戻りたい。そう思う一方で、泥沼のような快楽から、もう逃れられない身体になっていることもわかっていた。

愛しているなら、なぜ他の男に私を抱かせるの？　そういう刺激がないと、私への愛情が確認できないの？　ふたりだけで育むはずの愛情に、なぜ第三者を必要とするの？

夫に問いたかったけれど、私は怖くて聞けない。夫の仕事が忙しいときは、私は平穏な気持ちで暮らすことができた。そういう場所に行かなくてすむからだ。だが、夫は夫で、何があっても月に一度か二度は私を狂乱に陥らせる時間を作った。私はいろいろな男に犯されることが、少しずつ楽しみになっていった。そんな自分が怖かった。

「私、妊娠したの」

由香里は開口一番、弾んだ声でそう言った。話があるというので、三人で土曜のランチをすることになったのだが、これは爆弾発言だ。今からだと産むのは四十歳。

「小沢の子なのよ」

由香里がそう言った瞬間、私は食べていたサラダを吹き出した。

彼女が結婚後、小沢と関係を復活させたことは聞いていた。彼がガンになり、その後のメールで、さらに行方がわからなくなっていたことも知った。だが、妊娠だなんて。

「うちね、結婚してから一度もしてないの」

「はあ？」

唐突な由香里の連続告白に、私は今度はサラダを喉に詰まらせそうになる。

「由香里のところはできちゃった婚だったじゃない？　結婚後はずっとセックスレスなんだって。それで小沢さんとの関係が復活しちゃったというわけ」

綾子がフォローする。由香里はその言葉を訂正した。

「レスだから小沢と復活した、というわけではないんだけどね。再会したのは偶然だった。だけど、もともと嫌になって別れたわけじゃないから、復活しちゃったのよ。小沢は変わってなかった。相変わらず、彼なりの距離感のあるつきあいだったわ。物理的にも精神的にも。ただ、余命いくばくもないとわかってから、あの慎重な小沢が避妊をしなくなったの。彼は何も言わなかったけど、彼の願いが私にはわかった。だから私も妊娠したら産む覚悟をしたのよ。受精した瞬間がわかったわ。そのとき、綾子が『今日は何がなんでも夫を襲え』って教えてくれて」

「だって、そうしないとダンナの子じゃないのがばれちゃうじゃない。一度でも襲っておけば、ねえ」

綾子は本当によく気が回る。

「そういえば、その後のことを聞いてなかったわ。で、ちゃんと襲ったの？」

「襲ったわよ。酔って帰ってきたところをね。うちのダンナ、浮気してるのかもしれない。一日働いて、あげくに酔ってるくせに、下半身の匂いがしなさすぎた。普通、もうちょっと蒸れた匂いがしない？」

「知らないわよお」

綾子は大声で笑った。由香里が私を見る。私は思わず首を振って、「知らない」と意思表示をした。

「ま、いいわ。酔ってベッドにどさりと転がった夫の服を脱がせて、無理矢理勃《た》たせてしたのよ。夫はごにょごにょ言いながら、途中で寝ちゃったけどね。でも次の朝、『した』という記憶はあったみたい。ちゃんと終わりまでしたことにしたわよ。『いやあねえ、酔って帰ってすごい勢いで襲うんだもの』って言っておいた。それで数週間後に、『できちゃった』と報告したの。夫はすごくうれしそうだった。なんだか不思議よね。何年も拒んできたのは夫なのよ。それなのに、ある日突然、妻に襲われて妊娠したって言われて、あんなふうに喜べるものかしら。夫の気持ちがどう変化したのか、私にはまったくわからないの」

「妻の策略に気づいてないのね」

そう言うと、由香里は私をにらんだ。

「策略といえばそうだけど、本当にせっぱ詰まっていたの。どうしても小沢の命をこの世につなげたかった」

「由香里はそれだけ彼を愛していたということね」

綾子の言い方にちょっとひっかかった。綾子はいつもこうやって「正論」を言うけれど、そしてそれは世間的な常識でもあるのだろうけれど、「真実」なのだろうかと私は思う。誰かと誰かの恋愛が破局すると、「結婚するほど好きじゃなかったのね」と世間は言う。一緒に住んでいるカップルに対しても「結婚するほど愛し合ってはいないわけね」という目で見る。

「子どもを産みたいと思うほど好きだった」

と決めつけてもいいのだろうか。由香里が、小沢の命をつなげたいと考えたのは、恋愛感情とはまた別の気持ちかもしれない。

一般的に言っても、男への愛情と子どもを産みたい気持ちは別ではないのだろうか。いや、別だと思う女性がいてもいいのではないか。

大事なのは、その相手と自分との組み合わせによる「関係作り」だと思う。ただ、私自身、一般論や世間の常識から完全に抜け出すことができない。だから悩むのだ、夫との関係に。綾子の口から出る「正論」に対して、学生時代はすんなり頷けたのに、今は「本当?」と疑念がわいてしまうのは、私がそれだけ変わったということだろう。世間の常識からはずれた道を歩いているからだ。「常識」と「事実」と「真実」は、すべて異なるのかもしれない。

「今でも思うわ、彼と結婚していたらどうなったんだろうって」

ふうっと大きなため息をついて、由香里は目を潤ませた。でも彼が元気なころは、由香里と結婚する気などなかったわけだし、今さら「たられば」を考えてもしかたがない。人生というのは、つくづく皮肉なものだ。

「やっぱり彼、もう亡くなってた。代理店時代の友だちから連絡が来たの。誰にも知らせず、密《ひそ》かにひとりで逝ったらしいわ。写真だけは彼が尊敬している先輩カメラマンに託したそうよ。家族もいないし、どうやら遠い親戚があとのことを面倒みたようだけど。すべて私に任せてくれればよかったのよ、どうして最後まで甘えてくれなかったの」

由香里は興奮して声がうわずっていた。綾子が由香里の背中を静かに撫でる。

「大丈夫、彼はあなたの中に生きているわ」

「代理店時代の知り合いたちと話したの。彼の一周忌に合わせて、彼の個展をやろうって。うまくいけば写真集も出せるかもしれないの。彼の遺志を伝えていかないと」

「個展をやるころには、赤ちゃんと一緒に見に行けるんじゃない？」

綾子がそう言うと、由香里の顔がぱっと輝いた。罪作りな女だと、私は内心思ったけれど、これが由香里のたくましさでもある。

「ちゃんと食べないと」

私は由香里のために、自分のフルーツを差し出した。由香里は泣きながら、フルーツをすごい勢いでたいらげていく。おそらく、元気な子が生まれるだろう。

「理彩は相変わらず、ダンナさんとはラブラブなの？」

由香里が雰囲気を変えようとして、新たな話題を私に投げかけてきた。ここで言っていいものかどうかわからないが、私もすでにせっぱ詰まっていた。

「こんなときにこんな場所で言っていいかどうかわからないけど」

いざとなると、やはり言いよどんでしまう。

「大丈夫、もう何を聞いても何があっても驚かないわ。そうじゃない？　私たち」

綾子が微笑む。その微笑みに後押しされたような気持ちになって、私は夫と再婚してからのことをつまびらかにした。ふたりとも、息を飲んで聞いている。

お葬式の日の、男たちに陵辱《りょうじょく》されたような一件を話し終わったとき、綾子が考えながらゆっくり口を開いた。

「で、ダンナさんの理彩に対する態度には、まったく変わりがないの？」

「ない。前から優しいけど、もっと優しくなったわ」

あの一件があった夜、夫は限りなく優しく私の全身を愛撫した。そして私の中に入ってぴったりと身体を重ねながら、苦しそうに吐息交じりの声で聞いたのだ。

「昼間、感じた？」

私は答えず、逆に質問した。

「あんなに大勢の男たちに汚された私を、あなたは本当に愛せるの？」

「理彩は汚されてなんてない。理彩はマドンナなんだ。男たちのすべてを受け入れる。理彩がどんなに感じてもいい。だけど、最後はオレでいちばん感じてほしい」

「あなたの気持ちがわからない」

「オレは何があっても、理彩だけを愛し続ける。自分のすべてを賭けて」

　夫の追い求める愛情の形を、私はすでに受け入れてしまった。ここでひとり降りるわけにはいかないのだろう。だが、正直言って、私は怖かった。夫には言っていないが、実際は震えが来るほど快感を覚えていたし、どんなに要求がエスカレートしても受け入れてしまいそうな自分が怖かった。快感に限界がないとしたら、私は脳が木っ端《ぱ》微塵《こ》に砕け散るまで快楽に溺《おぼ》れることになるのだろうか。

　綾子や由香里にそういうことがわかってもらえるかどうか自信はなかったけれど、誰かに言わないと自分が壊れそうだった。

「正直言って、そういう世界を私は知らないから、何とも言えないけど……。でも、理彩が嫌だと思わないのなら、かまわないんじゃないの？」

　綾子はそう言って、由香里を見た。

「私、今まで誰にも言わなかったけど、小沢の他にもセフレみたいな男がいたのよ。取っ替えひっかえつきあってた。それは性欲を満たすためだったし、心の隙間を埋めるためのものでもあった。女だって、知らない男ともできるし、それで快感を覚えることもある。まして理彩の場合は、ご主人がそれを望んでいるんでしょう。エロティックな関係だと思うなあ。夫婦だからできることなんじゃない？　信頼関係があるかエロティックな関係。そう考えることもできるのか、と私は目から鱗《うろこ》が落ちたような気持ちになった。

「でもね、そういう刺激がなければ私たち夫婦は、男女であることを維持できないのかしらと思うこともあるの。まだ新婚なのに」

「それは違うんじゃない？　世の中、いろいろな趣味の人がいるのよ。ご主人にはもともと、自分の愛する人を他の男に抱かせたいという趣味があった。そしてそれは、自分の愛情を、妻の愛情をぎりぎりのところまで追いつめて確かめている行為だとも言えるんじゃないかしら」

「でもね、私、怖いの。どこまでエスカレートしていっても、きっと私は受け入れてしまう。快楽って、地獄みたいなところがあるのよ。苦痛と快楽って紙一重なの。そのうち、私、気が狂ってしまったりしないのかしら」

「そうなる前に、ご主人がセーブしてくれるでしょ。だって彼は理彩を愛しているんだもの。理彩を壊そうとしているわけじゃないわ。だからこそ、夫婦でそういうことができるっていいなあと思うのよ」

由香里の言葉に、私は少し落ち着いた。

「綾子はどう思う？」

常識派の綾子は、再びしゃべりはじめた。

「実はね」

綾子が声をひそめて身を乗り出した。

「私も下の子が生まれてから、ほとんど夫とはレスなのよ。盆暮れどころじゃないわ。何年かに一回という感じ。私はもともと、そういうことに対してはどこか拒絶反応があるみたい。由香里みたいに奔放なタイプじゃないし」

「なにそれ」

由香里がふくれる。

「性に関することは、言葉にするのもいけないと思っていたの。だからずっと堅物で通っていたでしょ、私。母が厳しかったから、ろくに恋愛もしないで結婚したのよ」

「処女だったとか？」

からかうつもりで言ったのだが、綾子は生真面目《きまじめ》な顔で頷《うなず》いた。

「そう、処女で結婚したの。親戚の紹介だったから見合いみたいなものだったし。最初の晩、私が初めてだとわかって、夫がすごく驚いたような顔をしたのを覚えてる」

「それでも、子どもはふたり産んでるのよね」

「うん。よくひとり産むと前よりセックスがよくなったたって聞くじゃない？　でも、私はちっともいいと思えなかった。セックスという言葉だって、あなたたちの前じゃなかったら今だって口にはできないわよ」

「綾子ったら、今までの人生で数えるほどしかしてないんじゃないの？」

由香里も困った上で冗談交じりに言ったはずだ。だが、それにも綾子は生真面目に頷く。

「そうなの。たぶん数えられると思うわ。だから私にセックスを語る資格なんてないのよ。理彩が羨ましい。感じるってどういうことか想像もつかないの。夫は家事や育児には協力的だけど、もともと性欲があんまりない人みたい。お互いに性的に熟してないし、今さら誘うこともできないから、もうこのままだと思う。理彩みたいに、感じてしまう自分が怖いなんて、言ってみたいわ」

ふうっと大きなため息をついて、綾子は椅子の背もたれに寄りかかる。今まで言えなかったことを吐き出したことで、少し気が楽になっているようにも見える。

「じゃあ、私はどうしたらいいのよぉ」

思わぬ告白合戦になってしまい、私は困り果てていた。もちろん、善悪の問題ではないし、誰かが止めても勧めても、どうにかなることではないのだが、何か指針がほしかったのだ。

「私はこのままだとアブノーマルの道を一直線ってことになるのよ。あなたたちの友だちがそうなってもいいの？」

綾子と由香里はともに頷いた。

「どうなったって、友だちだもの」


ふたりの友だち宣言はうれしかったけれど、私の現在の解決策にはならなかった。解決？　私は何を解決しようとしているのだろう。何が問題なのだろう。

あの日のことがよみがえってくる。縄が肌に食い込む感触を思い出すと、それだけでセクシーな気分になる。男たちのたくさんの手が私の身体をまさぐり、縄の間から入ってきた指が私の敏感な部分を激しく刺激する。思い出すだけで、私の脚の間から、とろんと液体が出てきてしまう。やっかいな身体になっていた。

「聞いていいかどうかわからないんだけど、あなたの最終的な目標はどこにあるの？」

私はある日、ベッドで夫に尋ねてみた。夫は家ではひたすらノーマルで優しいセックスをする。夫が私を縛ることもなければ、陵辱するようなセックスをすることもない。ただ、私に奉仕し、尽くしてくれる。足の指を一本一本舐め、身体中にキスをする。そんな夫が、私を他の男たちに託して、あらゆる淫《みだ》らなことをさせるのが不思議でもあった。

「理彩がどこまでも感じてくれること」

夫は私の耳たぶを優しく嚙《か》みながら、簡潔に答える。

「もう感じてる。私はあなたとするだけで感じてるの」

「でも、他の男とするとまた違う歓《よろこ》びがあるだろ？」

私は答えられなかった。イエスと答えてもノーと答えても、夫を傷つけそうな気がしたから。

「いいんだよ、理彩。オレは理彩に感じてほしいんだから」

「私はあなたの前で他の男たちにあんな目にあわされて、それでも感じてしまう自分が嫌なの。恥ずかしい。女として最低だわ」

「そういう理彩が好きなんだ」

夫は私を四つんばいにさせ、後ろから突いてきた。私はだんだん、こういう激しいセックスが好きになっている。腰をがっしりつかまれて、犬のように何も考えずにまぐわって。理性なんてくそ食らえと思う瞬間がある。もっともっと、ぶっ飛びたい。自分の快感がどこまでいくのか、頂点はあるのか、これ以上感じられないという限界点はあるのか。それが知りたくなっていく。

　夫は身体ごとぶつけてくるように、後ろから突き上げてくる。身体が木っ端微塵になるような快感が全身を貫き、その後は、とろとろに溶けたチーズのようになった。だが、その夜の夫はそれでは許してくれなかった。全身がとろけているところを、さらに攻めてくる。

「お願い、もうダメ」

　懇願しても、「まだだよ」と今度は正常位で続ける。身体に力が入らない。意識が混濁していく。夫が私の乳首を思い切りつねった。覚醒と混濁を繰り返しながら、私は快楽の世界の深みにはまっていく。

　夫は自分が終わってしまうと、今度はバイブレーターを使い始める。私は身体の輪郭をなくすほど、自分が溶けていくのがわかった。なのに、夫はやめようとしなかった。

　それでも朝起きれば、夫は社会人として、大学教授として出かけていく。私は快楽によるだるさを堪《こら》えて家事をこなし、だるさを払拭《ふっしょく》するために、週に二回は習い始めたヨガに通う。毎日のように絵筆もとる。結婚したときマンションを買ったのだが、私が夫の書斎にと考えていた部屋を、夫は私のためにアトリエにしてくれた。

夫が早く帰ってくる日には、腕によりをかけて料理を作った。私たち夫婦は、近所でも評判の「仲良し夫婦」だった。確かにそうだと思う。だが、私の心にはいつも黒い点がひとつ影を落としている。このままでいいのだろうか。この夫婦関係は「普通ではない」が、これを受け入れていっていいのだろうか。

私の本能は危機だと告げている。理屈ではなく、脳のどこかが危険ランプを点灯し続けている。このままどこまでもエスカレートしていくとしたら、最後にはとても危険なことが待っているのだ。そんな気がしてならなかった。

数ヶ月後のある日曜日、夫に連れられて、とあるビルの一室を訪れた。ドアを開けるとすでに薄暗く、昔のディスコを思わせるようなちかちかした光が目に入る。入り口で私は夫の手によってTバックだけの姿にされた。

「オマエを調教してもらおうと思うんだ」

私はそこで夫に初めて告げられた。調教？　私は怯えた目をしていたはずだ。

「大丈夫、もっと気持ちよくなるはずだよ」

夫は私の首に、革でできた首輪をつけ、リードをもつ。そこへ男が出てきた。三十代だろうか、ハーフのような顔立ちのきれいな男だった。

「マリアさんですね。みなさんお待ちかねです」

男はリードをとり、私は四つんばいにさせられた。下はふわふわの絨毯《じゅうたん》だから痛くはないが、屈辱的だった。これほど屈辱を感じているのに、私は下半身がぬるぬるしているのもわかっていた。

犬のように歩きながら中に入っていくと、また仮面の男たちが五、六人いた。部屋の真ん中にスポットライトが当たっている。私は男に連れられて、そのライトの真ん中に座らされた。リードはとられたが、首輪はつけたままだ。目隠しをされる。何が起こるのかわからず、目隠しを拒絶しようとすると、最前列にいる夫と目が合った。夫は懇願するような眼差しで私を見つめている。私は素直に目隠しをされた。

身体中に伸びてくる手を感じていると、あそこに何かを突っ込まれた。そのままモーター音がし、男が抜き差しする。私はバイブであっけなくイッてしまった。それなのに、バイブはまだモーター音を上げ、私の中で暴れている。オーガズムは波状になり、私はのたうち回った。バイブがいきなり抜かれると、私の中から液体が吹き上がった。おお、とざわめきが起こる。

「すごい噴水だねえ」

ざわめきは聞こえてはいるが、私にはすでにそれを言葉として理解する力がなくなっている。いや、言葉として理解はしているのだが、その意味するところがわからないのだ。感じると、私の脳はいつもそうなる。

ふと、あそこが暖かくなる。

「もう少し近づけて」

男の声がする。強烈なライトがあそこに当たっているようだ。私がイヤ、と身体をねじり、脚を閉じようとすると、両側から男たちに脚を開かれた。そこにまたバイブが突っ込まれる。胸にしゃぶりつく男もいれば、お尻の穴に指を突っ込んでくる男もいる。

「さあさあ、前戯はこのくらいで」

先ほどのハーフのような男だろうか。男たちがいっせいに手を引いた。それから私は、いろいろな縛られ方をした。最後には縛られたまま、上から逆さまに吊られ、あそこにバイブを突っ込まれた。すべてあの若い男が仕切っているようだ。

「あなたほどきれいな女性はいません」

男はときどき、そうやって私の耳元で囁く。

「みんなが見てますよ。あなたの濡れたあそこを」

「恥ずかしくないんですか」

男の言葉は的確に私の身体に火をつける。言われるたびに、私のあそこはどんどん濡れそぼっていく。それが恥ずかしくてたまらないのに、男は「こんなに濡れて」と私のあそこをきれいに舐めていく。

他の男たちが息を詰めて見ているのが、気配でわかる。

ようやく逆さ吊りから解放されて横たえられた。だが縄はほどかれず、バイブを突っ込まれたまま放置された。バイブは遠隔操作ができるようで、男はスイッチをオンにしたりオフにしたりする。そのたびに私の身体はがくがくする。

目隠しも縄もはずされ、今度は椅子に縛りつけられた。産婦人科にあるような椅子で、両足がそれぞれ固定され、それが徐々に開いていく。私のあそこはむき出しになっている。お尻の穴まで丸見えだ。

「マリアさん。動いてはいけませんよ」

男が言うなり、下半身がもわっとした。何が起こったのかわからない。次の瞬間、じょりじょりと変な音が響く。あそこの毛が剃《そ》られていった。

「イヤ、やめて、お願い」

「動くと切れますよ」

男たちが近づき、あそこには強烈な懐中電灯が当てられている。少しずつ少しずつ、男は剃っていく。

「かなり感じているんですね。こんなに濡れてる」

男は私のあそこに指をあてがい、シェービングクリームと混ぜた。そうやって優しい言葉で私を責めながら、鋭いカミソリを使う。

きれいに剃られ、温かいタオルで拭われると、男たちからどよめきがわいた。

椅子に縛りつけられたまま、私は男たちにつるつるになったあそこを撫でられ、興奮した数人の男たちにペニスを突っ込まれた。私の身体はすでに変化を起こしていて、入れられれば入れられるほど、気持ちがよくなっていく。誰が入ってきても、快感は落ちない。

「じゃあ、今度はロンに来てもらおう」

一段落すると、男はそう言った。私は椅子から降ろされ、寝かされる。そこへ筋肉隆々の黒人の男が現れた。全裸の彼のあそこはすでに立っていたが、私はあれほど大きなモノを見たことがない。まるで木の根元のように血管が浮き出ている。ロンは、男に合図され、私の口に自分のペニスを突っ込んできた。とても口には入りきらない。握ってみると、両手でようやく回るほど太かった。

「さあ、マリアさんはロンを受け入れることができるでしょうか」

私はさすがに後ずさりした。こんな大きなモノを入れられたら壊れてしまう。だが、すかさず夫が私を後ろから抱きしめた。

「大きいのがほしいだろ。気持ちいいぞ」

夫は子どもにおしっこをさせるように私の脚を後ろから開く。ロンはにっこり笑った。人のよさそうな笑顔に救われる。と思ったら、彼はいきなり入れてきた。先端から徐々に彼のペニスが私の中に入っていく。身体の中が静かに満たされていくような、不思議な気持ちになった。

大きな手が私の腰を揺さぶり、ロンがゆっくりと動き始めた。

「ああ、壊れる」

壊れてもいいと思った。身体がびりびりに破けていくような気がした。自分があの木のようなペニスを飲み込んでいることが信じられなかったが、私の中でびくびくと動いているペニスを感じると、私はもっともっと根元まで飲み込みたいと思った。

ロンは私を抱きかかえ、私たちは見つめあって腰を動かした。彼は私から目を離さない。ときどき胸を掬《すく》い上げるように愛撫し、優しくキスをする。私は彼の舌を思い切り吸った。彼は私の身体の位置を少しずらし、真下から突き上げるようにして動く。身体が串刺しにされたようだ。

私はロンがどんな男かまったく知らない。どんな人生を歩んできたのか、今、何をしているのか。ただ、見つめあっていると、彼の心が伝わってくるような気がした。

真横から入れられたり、後ろから突かれたり、さまざまに体位を変えながら、私たちは目を見つめあいながら交わり続けた。周りで見ている男たちの目は気にならなくなった。不思議なことに、夫のことも脳裏から消えていた。私はずっとイキ続け、ロンはいつまでも終わらなかった。

「本当は今日、ロンのあと、理彩は女性と絡むはずだったんだ。女王様を呼んでいたんだよ。思い切り鞭打《むちう》たれて歓ぶ理彩を見ることになっていた。そして最後に、みんなの前で、あそこにピアスをする予定だったんだ」

帰りの車の中で、夫はぽつりとそう言った。

「ロンに惚《ほ》れたか」

「わからない」

私はそう答えたけれど、すでにロンの携帯電話の番号とメアドを手に入れていた。帰りにロンが素早く渡してくれたのだ。たぶん、彼と私は同じことを感じていたのだと思う。私たちの魂が、あの場でぶつかりあい、一体となってしまった。あの経験は、そう簡単に忘れられないと思う。

まったく知らない人と肉体をつなげても、物理的な快感が起こることは、夫にさまざまな体験をさせられたからわかっていた。自分のイマジネーションが働いて、快感が増幅することも知っていた。だが、夫も予期していなかったはずだ。初対面でセックスをして、魂がリンクしてしまうことがあるなんて。そもそも、私が「魂」などという言葉を使うこと自体、自分でも信じられない。私は自分がもっと即物的な快感だけを求めていると思っていた。いや、確かに私が求めていたのは、想像や妄想によって増幅される即物的な快楽だったはずだ。だが、ロンとはそれだけではすまなかった。ロンが最後に私の耳元で囁《ささや》いたのだ。

「僕たち、ソウルメイトかもしれない」

と。私もそう思った。魂と言っておかしいのなら、心の奥深くにある、人間としての核のようなもの。それが、彼との間でピンポンのように交わされたのがわかったのだ。

夫によれば、ロンと私は二時間以上、交わっていたらしい。その間、私たちは目で会話をし、周りの人たちが入り込めない世界を作り上げていたのだとか。

「惚れたはれたとか、そういうことじゃないの」

私は言った。夫を慰めるつもりもあったが、自分に言い聞かせてもいた。

「もっと深いところで、理彩とロンの間に何かが行き交っている感じがしたよ」

　夫は低い声で言った。見ている人にさえそう感じられたなんて。

「なんだかすごいものを見ているような気がした。卑猥な感じではなく、もっと崇高なもの。そのとき、オレは、もう理彩と一緒にいてはいけないんじゃないかと思った」

「どういうこと？　あなたは私を愛し続けると言ったじゃない」

「今だって愛しているよ。だけど理彩のために、理彩が望むなら……」

　夫はそこまで震える声で言うと、あとは口をつぐんだ。夫の頰に涙が光っている。


　三日後、私はどうしても我慢ができず、ロンに電話した。

「この間のマリアですけど」

　名乗ると、彼は声を張り上げた。

「マリアさん」

　本名は理彩であることを告げた。

「ごめんなさい、僕、今、仕事中だから、昼休みに電話しますね」

　ロンは流暢な日本語でそう言った。彼は外資系のIT関係企業に、三年前、アメリカから派遣されたのだという。

翌日の夜、ロンと会う約束をした。夫には綾子たちに会うと嘘をついた。夫に嘘をつくのは初めてだった。あんなに夫を愛していたのに、今はロンのことしか頭になかった。

ロンとはカフェで待ち合わせた。店から張り出した路上の椅子にロンの姿が見えたとき、道路の反対側から、私は「ロン！」と叫び、信号を無視して走っていった。私は普通、どんなに時間に遅れても走らない。だが、そのときばかりは身体が勝手に動いたのだ。ロンは立ち上がって、私を抱きとめた。

カフェで話し、それからイタリアンレストランに移動した。私たちはずっとこれまでの自分のことを話し続けた。お互いに目を逸《そ》らすことなく、相手の瞳に自分を焼きつけるかのように見つめあいながら。

デザートを食べながら、ロンが哀しそうに言った。

「理彩、あなたにはご主人がいる。僕たちはどうして、あんなふうに出会ってしまったんだろう」

あの日、場を仕切っていたハーフのような顔立ちの男と、ロンは日本で知り合ったのだという。今まであんなパーティに出たことはあるが、見ていただけ。というのも、自分のペニスが大きすぎて、日本の女性は誰も受け入れてくれたことがなかったから。

「好きになった人はいたけど、セックスはできなかった。誰も満足してくれなかったし、僕も満足できなかった」

でも、理彩は違っていた、とロンは力を込めた。私のあそこが大きいってこと？

一瞬、私はそう思ったが、それを察したようにロンが声をひそめて言った。

「理彩のあそこは大きくないよ。だけど弾力があるんだ。ペニスが小さくても大きくても受け入れて、男に満足感を与えることができる。すごいヴァギナをもってるんだよ。しかも、それが僕のとぴったりなんだ。サイズだけの問題じゃない。なんていうのか……」

「あなたの言いたいこと、わかる。私もとにかくぴったりだって思った。それに私、あのときロンとの間に何かが行き交うのがわかったの」

「僕にはソウルが交歓するところが見えたよ。交歓というより、ふたりのソウルがひとつになる感じ。言ったでしょ。ソウルメイトだって」

ロンは笑った。内面がにじみ出るような、素敵な笑顔だった。だが顔はすぐに曇る。

「だけど理彩には夫がいる」

「でも、ロン。私はあなたと一緒にいたい」

「本当？」

「本当よ。あなたとは離れられない。こんなふうに感じたのは生まれて初めてよ」

真剣だった。そんなことはやっぱりできない、いけないことをしているんだ、罪悪だ、僕は地獄に堕ちると嘆くロンを、私は説得した。

「私は地獄に堕ちてもいいわ、あなたと一緒なら」

ロンは「わかった」と言った。「僕もだ」とつけ加えた。私たちはそのまま、彼の住むマンションへ行った。ふたりだけでずっと愛し合った。その合間に、私は夫に連れられて、何度かパーティに行ったことを話した。軽蔑されるかもしれないと思ったが、彼に嘘はつけなかった。

「過去はもういい。でも僕とつきあったら、僕だけを見てくれる？」

「もちろんよ」

そして私は、朝までロンと一緒にいた。やはり見つめあって身体をつなげていると、彼との間だけで感じる、魂の交流があった。私たちは、この関係が本物だと思わざるを得なかった。

彼はほとんど眠らずに出勤していった。

「帰ったらいてくれる？」

ロンは玄関で、何度も何度も私にキスした。

「いるわ。約束する。だからロンも、罪悪感を覚えないで」

ロンはまじめな顔で頷いた。

家に戻ると、夫がいた。仕事を休んだようだ。夫は私の顔を見ると、ほっとしたような笑みを浮かべた。目が落ちくぼみ、顔色も悪かった。

「よかった。ロンに会うのはわかってたよ。だけどひょっとしたら、どこかで事故にあったんじゃないかと心配してた」

「ごめんなさい」

私は素直に頭を下げる。

「お願いがあるの」

「出ていくのか」

夫は何もかも見通していた。

「いつかこんな日が来るんじゃないかと想像したこともあったよ。オレ自身が蒔《ま》いた種だもんな」

私は泣きながら、夫に抱きついて言った。

「自分でもわからないのよ、何が起こっているのか。ただ、ロンとは離れられない。

どうしても離れられないのよ」

「わかるよ」

夫は私の背中を優しく撫でてくれた。

「見ていたからわかる。理彩とロンの間には、確かに何かが流れていた。誰にも邪魔のできない決定的な『何か』がね。オレがあんな世界にオマエを連れて行かなければよかったんだ」

夫はそう言って泣き伏した。夫がこれほど身も世もないといった感じで号泣するのを、妻である自分はどういう目で見たらいいのかわからなかった。夫を軽蔑などできない。夫への気持ちが変わったわけではないのだ。ただ、出会ってしまった。ロンに。

私は夫の横に座り込み、彼が泣きやむのを待った。時折背中を撫でたり、頭を抱いたりした。夫はようやく顔を上げると、決然と言った。

「いいよ。理彩が幸せになるなら。もともと、理彩にもっと感じてほしいと思って始めたことなんだから、理彩が幸せになるなら、オレはいい」

夫がどれだけ自分を律しようとしているか、それがどれだけ苦しいかは見てわかる。彼の表情は苦痛で歪み、こめかみから脂汗がにじみ出ていた。

私は身の回りのものをスーツケースに詰めた。万が一、私がロンに捨てられても、あるいはロンのことを嫌になっても、戻ってくることは許されない。

こんなに簡単に、夫との生活を壊してしまっていいのか、という思いは消えなかった。夫は私のために、アトリエまで作ってくれたのだ。ただの素人の趣味なのに。

だが、すべては始まっていた。もう引き返せない。

「いつまでもオレは待ってるよ、ここで」

夫は玄関で、私の背中にそう言った。振り向くと、夫は部屋へ戻っていこうとしているところだった。背中が小さく見える。やっぱり行かない、そう言いたかった。頭ではそう言ったほうがいいと思っているのに、気持ちはロンの元へ走っていた。

第三章　綾子

恭子が突然亡くなってから、私たちの人生も大きく変わり始めていた。いや、すでにいろいろなことがそれぞれの人生に起こっていたのかもしれない。その芽が地上に出始めただけのことだ。そしてお互いに、リアルタイムで現状を聞くことが多くなったので、より劇的に感じるのだろう。

由香里は不倫相手だった小沢さんの子を産む。そして理彩は、あれからも夫の「異次元の世界」にどっぷり浸《つ》かっていた。と思ったら、理彩から連絡が来た。私たちはまた集まる。

「というわけで、今はロンの自宅で一緒に暮らしているの。まだ一週間しかたってないから、この先どうなるかわからないけど」

由香里と私は、目を丸くしているだけだった。何の反応もできない。まだ再婚して一年くらいしかたっていないのではなかったっけ。理彩は無邪気そうな顔をしていながら、昔から突飛なことをすることがあった。

そういえば大学卒業間際、私たちは北海道へ四人で旅行した。レンタカーを代わる代わる運転し、北海道を一周したのだ。ずっと笑い転げてばかりの楽しい旅行だった。羽田空港に戻っても私たちは解散しがたくて、ティールームでしゃべっていた。恭子と由香里はひとり暮らしだったから、どちらかの部屋へ行こうかという話もしていた。すると理彩が突然、言ったのだ。

「私、北海道へ戻る」

富良野《ふらの》の近くで道を尋ねたとき、親切に答えてくれた牧場の男性が忘れられないのだという。

「今さら、何言ってんのよ」

由香里が諭《さと》すように言ったが、理彩は「どうして連絡先を聞かなかったんだろう」と悔やんでいる。

その日はみんなで止めたのだが、二日後、理彩は本当に富良野まで行ってしまった。たとえば由香里が同じことをしたのなら、私たちは驚かない。それなりに成果を上げて帰ってくるだろうから。だが理彩には計画性も、損得勘定もまったくないのだ。そのときも結局、その彼には会ったものの、「やっぱり運命は感じなかったわ」と言って次の日には戻ってきた。突飛なのだが、その突飛な行動が何かを生むわけではないのが、理彩の理彩たるゆえんだった。

今回も驚かされたが、さすがに大人になっているだけあって、理彩には理彩なりの理由があるらしい。

「いったい何がどうなったのか、私にもわからない。ただ、本当にロンとの間に何かが行き交ったのよ。その瞬間、この人を離してはいけないと思ったの」

「男女の出会いにそんなことがあるのねえ」

由香里はまだそれほど目立たないお腹を、大事そうにさすりながら言う。私はごく当たり前の疑問を口にした。

「私は理彩もご主人も侮辱するつもりはないのよ。だけどロンっていう人は、そのときの理彩を見ているわけでしょう?　彼自身も、どの程度、そういう世界に入り込んでいるのかわからない。お互いにそういう面での不信感はないの?」

「そういうことがどうでもいいと思えるのよ、今は。ただ、彼が言ったのは、『理彩は、これからもいろいろな男とセックスしたいと思ってる?』と。私はもともと夫に頼まれて始めたことだし、確かに快感は得ていたけど、それが私の本来の趣味かどうかわからない、今はあなたしか見えてないと答えた。正直にね。彼に嘘はつけないもの。そうしたら彼、『もし他の男とどうしてもしたいと思うようになったら、率直に言って』と。彼にも聞いたわよ。他の女としたいかって。『運命の女と出会ったばかりの男に、そういうことを尋ねるもんじゃない』と笑われた。今はいいの、それだけで」

理彩の肌はぴかぴか光っていて、表情もとても穏やかだった。理彩本来の持ち味を取り戻したかのようだ。大学時代、理彩はいつもこんな表情でおっとりと過ごしていた。

「理彩、若返ったみたい。なんていうのかな、若く見えるという意味ではなくて、すごくピュアな感じがする」

思わず、私は感じたことをそのまま口に出していた。

「そう？　ありがと」

理彩はにこにこしている。穏やかなのに、深いところで情熱を秘めているような、とても魅力的な雰囲気に満ちていた。

「とにかく、自分でも何が起こったのかわからないの。彼との関係が本物なのかどうかもわからない。自分では確信を得ているけど、先のことはわからないものね。だって、夫のことだって、私は本当に愛していたのよ。今だって気持ちが変わったわけじゃないの。ただ……夫のときは、愛されて愛されて、私もそれに応えて彼を愛し、もっと愛情を返そうとがんばっていたような気がする。ロンに対してはそうじゃないの。お互いの感覚が本当にぴたっとくっついてしまったような感じなのよ」

男と女の間に、そんな出会いがあるなんて。だが、理彩を命の限り愛していくつもりだったご主人の気持ちを考えると胸が痛む。最初は、他の男に自分の妻を抱かせるなんて、どういう夫なのだろうと思ったものだ。だが、理彩を本気で愛していることだけはわかってきたから、今はご主人のほうが心配になる。

「ご主人、大丈夫なの？」

「わからない。でも、私が心配するのは、かえって夫に失礼だと思うの。だから夫から連絡があるまでは、私は連絡しない。もちろん、何があっても、夫の元には帰らないと決めているし」

「ご主人は待ってるって言ったんでしょう」

「うん。でもそんなことできないわ」

理彩の身体に一本、強い芯が入ったように見受けられた。

「ねえ、うちのダンナ、最近変なのよ」

由香里が笑いながら話題を変えた。

「私を抱きたがるの。今回はつわりもないけど、まだ安定してないからダメって言ってるのに、『ちょっと入れるだけ』って。それだけじゃなくて身体をマッサージしてくれたり、食事を作ってくれたり、妙に優しいのよ。今までだって、ひどいことを言ったりしたりするわけじゃなかったけど、ものすごく表面的な優しさで、根は冷たいものが潜んでいる感じだったの。それが今は、気持ちがあるという感じがするのよ。赤ちゃんにばかり気がいくと、歌織がかわいそうだなんて言い出して。歌織を抱きしめては、『歌織の弟か妹が生まれるけど、パパはいつだって歌織が大好きだよ』なんて言って。歌織なんて、最初は目を白黒させてたわよ。だけど、子どもってやっぱり親に抱きしめられると落ち着くのね。以前より神経質なところがなくなったの。前は私の顔を見ると、『ママ、何かあったの？』って聞くような子だったのに」

「他の男の子を妊娠しているのにねえ」

「綾子！」

由香里がにらむ。男の気持ちはわからない。あれだけ由香里を放ったらかしにしておきながら、今になってなぜ彼女の夫は態度を変えたのだろう。

「自分の子を産んでくれる妻が、急に愛しくなったんじゃないの？」

「理彩らしい発想ねえ。私はもっと複雑に何か絡んでいると思うの。たとえば、ちょうどよく、うちのダンナが長年つきあっていた浮気相手にふられたとかね。そのことと私の妊娠の時期が重なったとか、あるいは歌織ともう大人の会話ができるようになったから心を入れ替えたとか。いずれにしても、急に自発的に家族のほうに目が向くようになったわけじゃないと思う。裏があるわよ」

怖いことを言っているが、由香里の目は穏やかだ。

「調べるつもり？」

「まさか。たまたま小沢と夫とは血液型が一緒だから、すぐにばれることはないけど、万が一、ＤＮＡ鑑定でもしたら、一発で夫の子じゃないことが知られちゃうのよ。私だって危ない橋を渡ってる。夫の今までのことには目をつぶるわ」

「大人の決断ってことか」

理彩の言葉に私たちは笑った。

私は二十六歳で結婚した。夫とは親戚の紹介で知り合い、つきあって三ヶ月もしないうちに結婚を決めた。お見合いみたいなものだったし、五歳年上の夫は早く結婚したかったのだと思う。

二十八歳で長女を、三十歳で長男を産んだ。それから十年近く、ほぼセックスレスのまま夫婦関係を続け、家庭を運営してきたわけだ。ほぼ、というのは、一回か二回は未遂もしくは完遂したことがあるような気もするから。みんなには何年かに一度はしているかのように言ったが、それも見栄だ。性に関して、女は同性に見栄を張る。実際には私自身がセックスに対して疎かったのだし、したいという意識もなかったということだろう。

私は民間の会社で産休と育休を駆使して働き続け、公務員の夫は夕方には戻って家事に育児にと奮闘してくれた。夫にだって、忙しい時期はあったが、時間のやりくりに関しては、私はいつも夫に無理を押しつけてきた。私のほうが急な残業も多かったし、なにより収入が高いという事実がある。暗黙のうちに、家庭における比重は夫のほうが大きくなった。

それでも、一緒に家庭を築いてきたという実感だけはある。同志とでも言うべきか。だがそのせいか、夫との間で男女の感覚はまったくなくなってしまった。もともと夫は、セックスに対しては消極的だった。私も夫以外、男性を知らないから、こんなものかと思っていた。理彩が離婚したり、恭子が不倫をしているのを聞かされたとき、私は心の中で非難していた。恭子の場合は、実際、自分が妻という立場だから、面と向かって批判したはずだ。今思えば、もしかしたら、私は「女」として生きている恭子を羨ましいと思っていたのかもしれない。自分の知らない「強い恋愛感情」というものを、恭子は知っている。自分が「家庭」に縛られている間、恭子は「女」として彩りある人生を歩んでいる。自分で意識していたわけではないけれど、そんなふうに感じて、怒りがわいたのではないだろうか。

由香里や理彩の生き方を見ていて、そして四十歳という節目を間近にして、私は自分の足元がぐらぐら揺れているような気がしてならない。髪には白髪が目立つようになってきた。めっきり髪の張りがなくなっている。つい先日は、下半身に白髪を見つけた。目の下にちりめんじわが目立つ。もう老いてきていることを否定できない。

同僚が四十代半ばにして、「最近、ホットフラッシュがひどいの」と言っていた。真冬なのに、だらだらと汗をかいている。おしゃれだった彼女なのに、「ハンカチでは間に合わないの。今じゃタオルが手放せないわ」と情けなさそうに言っていた。更年期の典型的な症状のひとつだ。肩が上がらない、頭痛がひどい。夜も眠れない。更年期で鬱《うつ》状態になる人も多いらしいわ。彼女はいつもそう訴えている。私もああなるのだろう、あと数年で。女としての満足感を得ることもなく……。

理彩が「相手と何かが行き交うようなセックス」をして、夫を捨てたと聞いたとき、私は羨望を超えて、理彩が偉業を成し遂げた女性のように思えてならなかった。私の知らない世界がある。のぞいてみたい。女としてまだ現役を張っていられる間に。最近、その思いに私は完全に支配されていた。

しかし、恋愛ひとつまともにしたことのない私は、どうやって男性と接点をもてばいいのかさえわからない。一応、結婚しているのだから、私が誰かと何かをすれば「不倫」になる。恋とか愛とか関係なく、身体だけの関係というのもあるのだろうか。そもそも、世間の男性から私は「女」として見てもらえる存在なのかどうか、自信もなかった。

誰かに相談するのは、裸を見られるより恥ずかしい。だが、由香里も理彩も、女の人生においては私よりはるかに修羅場をくぐり抜けている。困ったときは友だちに頼るしかない。長い間、迷い続けた末、ついにふたりに相談するしかないと思い、集まろうと声をかけた。

「珍しいこともあるものね。綾子が困り果ててるって、どういうこと？」

由香里は少し目立つようになってきたお腹を、相変わらず後生大事にさすっている。

「綾子が解決できない問題なんてあるの？　あなたはいつでもひとりで、何もかもうまくやってきたと思ってた」

理彩がにっこり笑う。理彩はこのところ、ぐんと身体が引き締まって、それでいていつも優しい表情をしている。

「もし仕事が早く終わったら、ロンが合流したいって言うんだけど、いい？」

私たちは大歓迎だ。理彩と魂が行き交うようなセックスをした男を見てみたかった。

「実はね、この前、うちは十年近くセックスレスみたいなものだって言ったじゃない？」

ふたりとも身を乗り出してくる。

「このままじゃ、私、死んでも死にきれないような気がするの」

「やめてよ、縁起でもない」

「由香里はいいわよ、これから子どもを産んで将来がきちんと見えてる。理彩は今、このときが幸せでしょう？　私は女として、このまま枯れ果てるしかないのよ」

話しているうちに涙が出てきた。自分がそれほどせっぱ詰まっていたことに初めて気づく。「女として」というひと言が、ひどくみじめに感じられた。

「どういう意味？　綾子は優しいダンナさんとふたりの子がいて、とっても幸せなんだと思ってた。たとえセックスレスだって、それがイコール不幸というわけじゃないでしょう？　セックスだけが女の幸せじゃないんだから。家庭の幸せっていうのは、何にも代え難いと思う。私は本当は子どもをたくさん産みたかった。でもちっとも家庭に恵まれないのよね」

理彩が珍しく正論を吐く。確かに理彩の人生は、かなりオリジナリティにあふれている。いい言い方をすれば、だが。理彩は理彩なりに「理想とは、かなりずれてしまった」ことに忸怩《じくじ》たる思いがあるのだろうか。

「誰かとセックスしたいってこと？　綾子が私に言ってくれたように、自分からダンナを襲ってみたら？」

由香里はまじめな顔で言う。それができれば苦労はしない。

「職場の飲み会で酔った勢いで誰かと……っていうのは？　お互いに既婚者なら秘密は守れるでしょう」

理彩は現実的なことを言う。

「だけどねえ、私、これでも一応、企画開発部の部長代理なのよ。部下に示しのつかないことはできない。というか、社内での立場が悪くなるようなことはできない。弱みを握られたら、あっという間にそんなポジションから転がり落ちるわ」

三代続く中堅の食品メーカーで、私は十八年近く働いている。地道に、安心で安全な食品を作っていくという社長の志に感動して入社したのだが、私が入社してから、会社はだんだん大きくなっていった。今のようなご時世、儲け話に乗ろうとする役員たちも多い。そしてそれに反対する勢力もいる。社内は決して安全地帯ではない。誰かが足を引っ張られれば、下克上でのし上がる者が出てくる。私は会社始まって以来、初の女性管理職なので、周りからの風当たりもなにかと強い。

「それじゃあ、そのへんで男を買うとか。あ、今、出張ホストというのがあるのよ」

理彩は携帯電話をいじりだした。

「これこれ。前に夫がここから男性を呼んだことがあるのよ。ホテルで正規料金の倍額払って、『私の目の前で妻を抱いてほしい』って。若いホストくん、びびってたけど、お金に目がくらんだのね。やり通したわよ」

「出張ホストなんて怖くないの？」

「少なくとも私の相手をしてくれた彼は、ちゃんとした大学生だったわよ。学生証も見せてくれたもん。親の生活が厳しくて仕送りをしてもらえなくなったから、自分で稼がなくちゃいけないんだって言ってた。ここに電話して、その子を指名してみたら？　えっと、なんていう名前だったかしら……。ジュン君。そう、確かジュン君だった」

「理彩と綾子がなんとか姉妹になっちゃうわけ？」

「なんとか姉妹って何？」

「ほら、男が同じ女とやると穴兄弟とか言うじゃない？　女の場合は棒姉妹？」

「由香里、下品すぎ」

理彩は何も感じてないように笑っていたが、私は非常に抵抗があった。

「それってやっぱり問題よね」

「何が？　相手は仕事でやってるのよ。気にすることないわよ。私のことなんて覚えてないだろうし」

「理彩と姉妹になるのも問題だけど、それ以前に、男性をお金で買うことが……」

「待ってよ、綾子」

由香里が穏やかな声で私を諫《いさ》める。

「綾子はセックスしたいんでしょう？　夫じゃなくて知り合いでもなくて、と考えたら、お金で割り切るのがいちばんいいじゃない。あなた自身が言うように、もし社内で不倫になって噂でもたったら、仕事がしにくくなるってわかってるんだったら、知り合いは避けたほうがいい。目的は、女として扱ってもらって、女として性の歓びがほしい。それが明確なら、迷うことはないと思うわ」

そんなふうに割り切って考えていいのだろうか。男女の関係は、もっとこまやかな愛情や思いやりがあってこそ成立するものではないのか。私がぐちぐちと言っていると、由香里がぽんと言葉を投げかけてきた。

「恋したいの？　セックスしたいの？」

私はぽっかり口を開けていたようだ。理彩が私の口に、デザートの苺《いちご》を放り込もうとするから、あわてて口を閉じた。

「あのね、綾子」

由香里はぴんと背筋を伸ばして言った。

「あなたは恋とセックスは分けられないと思っているかもしれないけど、分けることはできるの。好きになったからセックスするとは限らない。セックスしたら気持ちよかった、だから好きになるということもある。恋愛してからセックスしなくちゃいけないわけじゃないの。もちろん、大好きな人といいセックスができればいちばんいいと思うけど、セックスだけの関係だってあり得る。あなたは結婚しているのだし、家庭を壊したくなかったら、割り切ったほうがいいの。セックスだけの関係でも、その場で穏やかな愛情を感じられることもあるのよ。ね、理彩」

「そうね。相性もあるしね。セックスが合うと、確かにその人のことを好きにはなるわよ。ただ、その『好き』にはいろいろな種類があると思う。恋愛が生まれることもあれば、人類愛みたいな愛情ができあがっていくこともあるのよね、不思議なことに」

「少なくとも、綾子が恋に落ちたら、あなたみたいな人は家庭を捨てるほど突っ走るかもしれない。免疫がないから。それだったら、最初からお金で割り切ったほうがいいのよ。それともそこらへんでナンパした男とホテルへ行く？　そのほうが怖いでしょ」

なるほど。私は感心しながら聞いていた。由香里も理彩も、恋愛以外のセックスを体験してきている。ここはもう、彼女たちを信じるしかなかった。

「わかった。がんばってみる」

私は理彩から、出張ホストの事務所の電話番号を聞き、携帯電話に打ち込んだ。

ちょうどそこへ、ロンが近くまで来ているという連絡が入った。私と由香里は、わくわくしながらロンを待つ。

「こんばんは。理彩の友だちに会えてうれしい」

ロンは礼儀正しく挨拶をすると、理彩と軽く唇を合わせた。それからきちんと座り、簡単に自分のことを話した。現在、三十五歳。アメリカはニューヨークの近くで生まれたこと、高校を出てからあちこち旅をし、二十二歳になってから大学に入ったこと。仕事で三年前に日本に来たこと、などなど。

「三年なのに、日本語がうまいわねえ」

由香里が感心したように言った。

「言葉は、その国の文化だから、ものすごく一生懸命、勉強しました」

まじめな人なのだ。彼は理彩の大学時代の話を聞きたがり、私たちが理彩の天然ボケぶりを披露すると、大きな声で笑った。それから、急にまじめな顔で訴えた。

「僕はいけないことをしているとわかっている。だけど理彩とは離れられない。わかってほしいとは言わないけど。理彩のことは非難しないでほしいんです」

ロンは不安そうだった。

「私たちがそんな冷たい女だと思う？　理彩とは長い間の友だちなのよ」

由香里が笑いながら言った。ロンはほっとしたような顔を、理彩に向けた。

「私たちは、お互いの性格の違いをわかってる。誰がどんな状況になろうと、尊重すると決めているの。もちろん、生命の危険をおかすようなことがあったら、首に縄つけても引き戻すけどね」

由香里の言葉を受けて、私も言った。

「その代わり、ロン、あなたが納得できない理由で理彩を捨てたりしたら、私たちが許さないわよ」

ロンは笑顔を見せずにしっかりと頷いた。その後も、彼は私たちの会話を笑顔で聞き、求められると流暢な日本語で的確な意見を言った。背が高くてごつい感じの大男だったけれど、笑ったときの表情はとてもきれいで濁りがなかった。

大人の男は、表情にその人間性が出る。どんなに金をもっていても、歪んだ笑顔の男はろくなものではない。ロンと理彩が手をつないで帰っていくのを、由香里と私はほほえましく見送っていた。

「がんばってみる」とは言ったものの、私は理彩に教えてもらった出張ホストの事務所に、なかなか連絡することができなかった。長年働いているから、自分が自由に使えるお金は多少ある。お金の問題ではなく、勇気が出なかったのだ。

男を買う。男たちには長い間、女を買ってきた歴史がある。だがなぜ、女にはそういう歴史がなかったのだろう。女には性欲がないと思われていたから？　あるいは由香里が言うように、女は「恋とセックスを分けられない」から？　いろいろ考えていって、私はひとつの大きな不安にぶつかった。相手の男が、私で性欲を刺激されなかったらどうしよう、ということだ。逆の場合、女はローションなどを使えば、感じていなくても男のペニスを受け入れることができる。だが、男は勃起《ぼっき》しなければいけないのだ。それは、彼自身が相手の女性から、どれだけ性的な刺激を受けたかによるだろう。

私を見て、そのジュン君とやらが「女」を感じず、それでも金のためにがんばろうとしているところを目の当《ま》たりにしたら、あまりのショックに倒れてしまいそうだ。理彩はかわいいし、夫の前で抱いてほしいというのは刺激的だ。若い男は理彩なら勃起できるだろうし、刺激的なシチュエーションで興奮もするだろう。だが、若い彼から見たら、私はただのオバサンだ。熟女の色気があるとも思えない。そう思うと気が引けた。

ためらい、悩み、携帯に手を伸ばしてはまた閉じる。そんな日々が続いていた。ある日、昼休みに理彩からメールが来た。

「どうお？　ジュン君、まだあの事務所にいた？」

「まだ電話かけてないの。ねえ、ホスト君が勃起しなかったらどうしたらいいの？」

「彼らは訓練を受けているから大丈夫よ。心配しないで身を委《ゆだ》ねればいいの。がんばってね」

理彩のメールはにこにこした顔文字で終わっていた。理彩に背中を押されたと考えよう。周りを見渡すと誰もいない。私はデスクで弁当を食べかけていたのだが、そのまま、出張ホストの事務所に携帯電話で電話をかけてみた。感じのいい女性が出る。ジュン君を、と言うと、彼は辞めたという。

「他のスタッフでも大丈夫ですよ。年齢は二十一歳から五十代までいます。うちのスタッフは、女性を大事にすることでご好評をいただいていますから、ご安心ください」

私は彼女の感じよさにつられて、自分の不安をおどおどと口にした。

「あの……。私、もう何年もしてないんです。でもしたいんです。このままでは女として死ぬに死ねない。でも男性が、その気にならない、私に触れたくないということもありますよね」

「お客様、ご安心ください。もちろん相性というようなものもありますけど、うちのスタッフはそんな失礼なことはいたしません。どうしても合わないようであれば、ご連絡いただければただちに違うスタッフを派遣しますし、いかようにもご相談に応じます」

まるで返品可能の商品のようだ。ここでは男が商品として女たちに買われていく。

「いや、私では男性に申し訳ないような気がしてならないんです」

私は本音をぶちまけた。彼女は優しい声で言った。

「大丈夫です。お電話でお話ししているだけですが、私にはお客様がとても率直で感じのいい方だとわかります。失礼ですが、年齢と、だいたいの身長体重を教えていただいてもいいですか？　男性側も、どうしても痩せた女性はダメ、なんていうこともありますので」

太った女性はダメ、と言わないところに彼女の巧みさがある。

私は素直に教えた。彼女は「まったく問題ありません」と答え、私の好みを尋ねてくる。男の好みを聞かれても、なんとも答えようがない。それほど私は恋愛に疎かったし、「男」を感じさせてくれるような異性が身近にいなかった。いや、もしかしたら私自身が自分の中の「女」を閉じこめていたのかもしれないけれど。

最近、気になっている三十代の俳優の名前を告げた。彼女はどんなデートがしたいのかと具体的なことを聞いてくる。デートなんてどうでもいい、ただベッドに行きたいのと端的に言った。

待ち合わせは翌日、木曜日の夜。考える時間がありすぎるのは避けたかった。料金の説明を受け、待ち合わせ場所だけ決めた。

「あとはおふたりでご相談なさってください」

ベッドの件は触れずじまいだ。セックス相手を斡旋《あっせん》するのは、やはり法に触れるのだろうか。女が男を買う場合でも？

目印は、彼がもっているスポーツ新聞とスポーツ雑誌。両方を抱えている男はまずいないから、すぐにわかると思うと彼女は言う。

翌日は朝から息が止まりそうな気分だった。娘が学校からもってきたお知らせを読

んでいなくて叱《しか》られ、前日の夜、息子の体操着を繕おうと思っていて忘れた。子どもたちに怒られている私に、

「ママは忙しいんだから、そんなに責めるなよ」

と夫が助太刀《すけだち》してくれる。

「ママ、しっかりしてよね」

小学生も高学年になると、特に娘は辛辣《しんらつ》だ。だが、働くことを受け入れてくれたのも娘だった。

私は一度、真剣に仕事を辞めようと思ったことがある。二年ほど前、娘が九歳、息子が小学校に上がったばかりのころだった。保育園のころはまだ子どもたちをひとりにすることはなかった。夫か私が必ず、夜七時までには迎えに行けたからだ。六時以降は延長だったけれど、少なくともお金を出せば解決するなら、子どもたちだけで留守番させる時間をなくそうというのが、私たちの一致した意見だった。

だが、小学校に入ると、学童保育は名ばかりで時間もきっちり五時半までだった。学童保育から帰宅したとしても、私たちが帰るまで、子どもたちだけで家に置いておくのは気がかりだった。近所の人や、子どもの友達の親に頼むのも気が引ける。私はちょうど部長代理に昇進したばかりで、本当は二十四時間仕事をしてもしたりないよ

うな状況。夫も部署が異動になったばかりで、あまり早くは帰れない時期が続いていた。

そんなとき、娘が万引きしたという噂を耳にしたのだ。結局、それは誤解で、娘ではなかったとわかったのだが、私はすっかり参ってしまった。

「私はあなたたちがいちばん大事なの。だから仕事を辞めようと思う」

家族揃った食卓で、私はある日、切り出した。夫には伝えていたが、夫が子どもたちにも意見を聞けと言ったのだ。

小さかった息子は、顔をほころばせた。

「帰ってきたら、ママがいるの？」

「そうよ」

「わーい」

「ちょっと待って」

そう言ったのは娘だった。

「ママはそれでいいわけ？　今まで仕事と家と両方、がんばってきたんじゃなかったの？」

娘はあのとき、目に涙をためて、怖いくらいに私をにらんでいた。

あとから夫が言ったっけ。

「あいつは、きみが仕事から逃げようとしていることを察知していたんじゃないか」

私も娘の目からそれを感じていた。子どもたちにとっていいことだから、と確かに仕事から逃げようとしていたのだ。

翌日、私は娘に言った。

「ママは仕事を続ける。だから協力してくれる？　寂しい思いをさせて悪いけど」

娘はにこっと笑った。

「寂しいのは慣れてる。その代わり、土日は一緒にいてよね」

私は娘が嫌がるほど、ぎゅうっと抱きしめて離さなかった。

それから大急ぎで、大学生の姪っ子に頼んで、姪とその友だち数人でシフトを組んでもらった。平日は子どもたちが学校から帰ってくる時間帯、必ず誰かにいてもらうようにした。アルバイト代ははずんだから、彼女たちは自分たちできちんとシフトを組み、まじめにやってくれた。他人を家に入れる不安はあったが、それより子どもたちだけにしておくほうが怖かった。

私の必死さは姪に通じたらしい。彼女たちにとっても、働く女性の大変さは他人事ではないのだろう。今では、来る女の子たちが娘や息子の宿題を見てくれるため、うちの子は塾に行かずにすんでいる。料理好きな子は、おやつや夕飯を作っておいてくれることもある。そんなときは、さらにバイト代をはずもうとするが、彼女たちは、逆にうちに来て子どもたちと遊んだり、好きなように料理をしたりすることが楽しいらしい。

そうやって私たちは、周囲にめいっぱい協力を仰ぎながら、家庭を営んできた。共働きで子どもがふたりいるというのは、それほど楽なことではない。だからこそ、私は家庭を捨てるわけにはいかないのだ。娘の「働いているママが自慢」という気持ちにも、きちんと応えていかなければいけない。そう、私はもともと家庭を壊す気など、さらさらない。それでも「女としての快感」は得たい。できれば素敵な相手に恋もしたい。そんな虫のいい話はないし、既婚なのに恋したいだなんて、何より自分が忌み嫌っていた言動ではなかったか。そんな自分に、実は私自身が苛立ってもいた。

子どもたちを送り出し、夫より先に家を出た。いつもなら夫を見送ってから出勤するのだが、今日は朝から会議だから先に行くねと嘘をついた。夫を見送ったあとでわき起こってくる気持ちに対処しきれない気がしたからだ。

「今日は早く帰れるから、オレが夕飯作っておくよ」

夫はにっこり笑った。私もあわてて笑ったけれど、うまく笑顔が作れない。夫に対する妻としての罪悪感、というものではないのかもしれない。世間から後ろ指をさされるような行為の中にあえて飛び込んでいくことへの恐怖感だろうか。

理彩は、最初に乱交パーティのようなところへ連れて行かれたとき、部屋の隅で泣いたと言っていた。状況は違うが、私も知らない男にこれから抱かれると思ったら、泣いてしまいそうだ。それでもやはり、あえて今、勇気を振り絞らなかったら、一生後悔するに違いないと感じていた。それだけはわかっている。だから自らに鞭を振るうしかない。そうまでしてすることかという声が、頭の中で鳴り響いている。私はその声を封じ込めた。

その日は仕事でも凡ミスをしてしまう。

「らしくないねえ」

上司に笑われ、部下からは目を丸くされた。

「綾子さんでもミスするなんて、ちょっとかわいいですね」

ひとつ下の後輩男性に言われ、柄にもなく思わず照れて、また周りに驚かれた。私は相当、怖い女のイメージが強かったのだろうかと、初めて考える。今日だけは女でいたい、めいっぱい女でいたいという気持ちが、私の心に隙を生み出し、それが周りには「悪くない」と映っているのを感じた。逆に考えれば、今までどれだけ突っ張ってきたのだろう。突っ張ってがんばっている私は、周りからも少し浮いていたのかもしれない。

残業もせず、定時で会社を飛び出す。隣のビルのトイレに寄って、念入りに化粧をチェックした。こんなところを同僚や部下に見られたくない。地下鉄に乗って三つ目の駅で降り、繁華街のカフェに落ち着いた。

待ち合わせの六時まであと五分。外が見える席に着いてほっとする間もなく、スポーツ新聞と雑誌をもった若い男性に声をかけられた。

「綾子さんですか？」

「は、はい」

否《いや》でも背筋が伸びきった。相手は三十代のはずだが、学生のように若く見える男性だった。

「リョウと言います。よろしくお願いします」

彼は礼儀正しく頭を下げると、座っていいですかと椅子を示した。もちろん、と私も頷く。

シャンパンと軽いつまみをとる。

「ごめんなさい、私、あなたよりずっと年上だと思うわ」

本音を言った。リョウはじっと私の目を見つめる。男に見つめられたことのない私は戸惑い、混乱していく。

「年齢なんて関係ないと思います。綾子さんは素敵な女性ですよ。社長から雰囲気を聞いていたので、一目でわかった」

「社長？」

「電話で応対した女性です。彼女、声や話し方で、人の風貌を当てる天才なんです」

リョウの声は高からず低からず、耳に心地よく入ってくる。

「なんて言ってたの？　私のこと」

「中肉中背、背筋がぴんと伸びた女性。キャリア風。ちょっと堅い印象があるかもしれないけど、たぶん笑うとかわいい。ただ、保守的な傾向がある。自分がかわいいと言われると、本当はうれしくても媚《こ》びるような気がしてうれしさを表現できない」

リョウは台本を読むように一気に言った。私は女性社長の言葉にびっくりするしかなかった。まさに私はそういう女だと自分でも思う。どこかで常識にとらわれていて、自分を解放することができない。今日の昼間の同僚たちの反応で、ますますその気持ちが強くなっていたところだった。

黙り込んだ私を見て、リョウが顔をのぞき込む。

「怒ってます？」

「ううん、違うの。声を聞いてそこまで当てるなんてすごい。まさに私はそういうかわいげのない女なのよ」

「実を言うと、僕らの事務所に電話をかけてくる女性は、そういう人が多いんです。社長がすごいというよりは、統計と経験則に基づいたものだと思いますよ」

リョウがにこにこする。なあんだ、そういうことか。確かに三十代後半から四十代の女で、こういうところを利用するのは、キャリア風だろうし、自分を解放できないからこそ思い切って飛んでみたいと思うのだろう。

思わず私も声を出して笑った。

「やっぱり笑うとかわいいですね」

胸のあたりがぱあっと温かくなる。男の褒め言葉を素直に浴びた瞬間、女は色づくのかもしれない。自分の中に「ときめき」という言葉が、生まれて初めてわいてきた。

私はすっかり気が楽になり、彼と顔を近づけるようにして話し込んだ。彼は三十一歳。大学在学中は芝居にのめり込んだが、卒業と同時にサラリーマンになった。しかし、芝居への思いは断ち切れず、五年後に退社、アルバイトをかけもちしながら今は劇団に所属しているのだという。

「夢を諦めきれないんです。テレビに出たいとか有名になりたいとかは思わない。芝居さえやっていれば幸せだから。ただ、芝居好きの人たちから、『ああ、最近、あの人、いい演技してるよね』と言われるような役者になりたいんです」

彼は力を込めて言った。まっすぐな目が、私の心を突き刺してくる。彼は未来に向かって大きくなろうとしている。私の未来は、何かが大きくなることを期待できるようなものなのだろうか。

「若いっていいわね」

思わず言ってしまった。

「綾子さん、どうして年齢がそんなに気になるんですか？　今までがんばってやってきたんだから、自分の年輪に誇りをもたないと、そして将来の自分に期待をもたないと、自分がかわいそうですよ」

説教口調ではなかったけれど、彼が年齢にそれほどこだわっていないことだけはわかった。彼の言葉が身にしみる。確かに、四十歳だからといって、何もかも諦める必要はないのかもしれない。

三十一歳の男に、セックスレス十年、老いが忍び寄ってきている女の気持ちをわかれというほうが無理だろう。ただ、彼の言うこともわからないではなかった。私は年齢を気にしすぎる。本当のことを言えば、年齢を気にしているわけではなく、男にとって「女」として見てもらえるかどうかが心配なだけだ。女を捨てて仕事でがんばってきたくせに、その実、誰よりも女であることに執着しているのかもしれない。それを直接言えないから、年齢で正当化しようとしている。

私は自分の悶々とした気持ちが、だんだん明快になってくるのを感じていた。

ひとしきり話すと、彼は言った。

「行きましょうか」

心臓のありかがわかるほど、どきんと胸が高まった。彼はウエイターを呼んで会計をする。財布を出そうとすると、私の手を押さえた。

「あとで全部精算しましょう」

このデートに関する費用のすべては、私がもたなければならない。お茶代、食事代、ホテル代、彼の時間代、そしてベッド代に至るまで。だが、彼は場の雰囲気を壊したくなかったのか、自らの財布を出した。こういう心配りが女性を「その気にさせる」のかもしれない。

「どこへ行きましょう。この近くでいいですか」

彼は私の手をそっと握って歩き出す。私は声も出せずに、頷くだけだ。何度も首を縦に振る。彼は指と指を絡めるようにして、しっかり手を握ってくれた。

一緒に歩くと彼は、かなり背が高いとわかった。百八十センチ近くあるだろうか。やはり見た目には、若い男をひっかけたオバサンにしか見えないのではないか。逃げたくなるような気持ちと戦うしかなかった。

角を曲がると、そこはもうラブホテル街だった。けばけばしいネオンで頭がくらくらしてくる。足がもつれそうになった。彼はあれこれ迷ったりせず、すぐに近くのホテルに入った。あっという間に部屋を選択し、フロントへ歩いていく。私がぼうっと部屋のパネルを見ていると、彼がキーをもって戻ってくる。すぐにエレベーターに乗り込んだ。誰にも見られていない。

「さすがに慣れてるのね」

感心してそう言おうとしたが、言ってはいけないような気がして口をつぐむ。彼は私が緊張しているのだと思ったようで、そうっと後ろから抱きしめてくれる。

もちろん緊張もしていた。エレベーターのドアが開いたとき、左右どちらの足を出したらいいかわからなくなり、躓《つまず》いた。彼はくすっと笑う。私も彼の顔を見て笑った。

彼は私の顎《あご》を持ち上げるようにして、唇にそっとキスをする。そして私たちは素早く部屋を見極め、ドアを開けて中に滑り込んだ。

「ようやくふたりきりになれた。僕も今日はやけにどきどきするんです」

リョウはうまいことを言う。だが、彼が言うと上っ滑りに聞こえない。

「私、怖いの。こんなことしたことないし、そもそもセックスなんて十年もしてないの」

私はそう言って、リョウに抱きついた。何かにしがみついていないと、自分がばらばらになりそうで本当に怖かった。

「大丈夫。ふたりで楽しい時間を過ごしましょう。嫌だったら話すだけでもいい。僕、本当に綾子さんに興味があるんです。とても素敵な女性だと本気で思ってる」

リョウはそう言うと、私をぎゅうっと抱きしめ、キスをしてくる。唇がそうっと触れ、次には押しつけられ、そして舌が入ってきた。私も舌を絡める。優しいキスの味に、私の身体がだんだん柔らかくなっていく。

「一緒にシャワーを浴びませんか」

そんなこと、と怯みかけたが、今さら恥ずかしがるよりも、ここはすべて彼に委ねようと気持ちを切り替える。さもしく見えないように、物欲しげにならないようにと私はずっと緊張していたのだが、ここまで来れば、なるようにしかならない。私は開き直った。自分自身に対して。

彼はさっさと自分が下着姿になると、私の洋服をゆっくり脱がせていく。ひとつひとつ手早く畳み、この日のために買ったシルクのスカートはしわにならないよう椅子にふんわりかけておいてくれる。

下着姿になった私の首筋から胸元にかけて、彼は唇と舌で静かに愛撫を繰り返す。身体の奥のほうが、きゅんきゅんと痙攣した。そんな感覚は初めてだった。子宮のあたりが喜んでいるような気がする。ブラのホックがはずされ、さして大きくなく、少し垂れた胸がぽろんと飛び出た。

「きれいだよ、綾子さん」

リョウは私をバスルームに連れて行き、身体を丁寧に手で洗ってくれた。まるで子どもに戻ったように、私は彼に身を任せる。

「脚を開いて」

彼は私を抱きしめながら囁く。少し脚を開くと、泡にまみれた彼の指が、ゆっくり私の脚のつけねの奥に入り込んでくる。

「綾子さん、僕、我慢できなくなってきた」

リョウのあそこはすでに大きくなっている。臍《へそ》に向かって直立しているようなモノを見て、私は新鮮な驚きに満たされた。状況に興奮したのか、若いからすぐに勃起するのか、それはわからない。だが私で勃《た》たないという最悪の事態は逃れられた。そのことで私の緊張感は一気にほぐれた。

泡を流し、私は彼の足元に跪《ひざまず》いた。

「そんなことしないで」

リョウはそう言ったが、私は彼を制した。

私はオーラルセックスをしたことがほとんどない。だが、実は口いっぱいにペニスをふくんでみたかった。口に入れてしごく。ネットや雑誌で得た知識を頭の中でフル回転させ、私は彼のペニスを舐め上げる。リョウのうめき声を聞き、私は今まで感じたことのない興奮を覚えていた。

リョウは私を立ち上がらせ、バスルームを出るとタオルですっぽりくるむ。そのままベッドへと抱いて運んでくれる。

ベッドに寝かされ、リョウが私の上に乗ってくる。男の重みを久しぶりに感じた。じっと抱きしめてから、彼は私の全身に間断なくキスを浴びせる。脚の間にも顔を埋め、舌の先で敏感なところを刺激する。とろりとあそこから粘った液体がこぼれていく。彼は音をたててそれをすすった。私の腰が抜け、全身がしびれてもなお、彼は愛撫を繰り返す。

「綾子さん」

その声で、ようやく我に返る。手早くコンドームをつけたようだ。

「入れるよ」

彼が私の目を見つめる。私も見つめ返す。彼は先端を入れる。タンポン以外のものがここに入るのは十年ぶりに近いはずだ。

熱いものが入ってくる感覚。ぐぐっと彼が力を込める。根元まですっぽりと男を飲み込んでいる。私は知らないうちにのけぞっている。

「綾子さん、僕を見て」

彼の顔がかすんで見えた。気づかないうちに私は泣いていた。リョウの息遣いが荒くなっていく。彼はどこまでも身体を密着させたまま、私の上で激しく腰を動かした。私は両脚を彼の背中で交差させるようにしながら、自分でも腰を動かした。動かしたというより、勝手に動いてしまったというほうが正しい。

あとはほとんど覚えていなかった。

「綾子さん」

リョウの叫び声が耳に入ってきたとき、私の中でも何かが爆発した。ぐったりした男は重くなり、私はその重さに愛しさを感じている。乾いた涙の跡の上を、また涙があふれていく。うれしかった。ただ、うれしかった。私は自分が女であることに感謝した。何ものかに向かって。

子どもを産んだときも、見えない誰かに感謝した。だけど、あれは子どもがあまりにかわいかったから。命があまりに愛しかったから。今日は違う。何も産んでないし、何かを成し遂げたわけでもない。それなのに泣けてたまらない。ああ、そうだ。私自身が再生した時間だったのかもしれない。

リョウにそんなことを言ってみる。彼は黙って聞き、最後にぽつりと言った。

「綾子さんは、どこからどう見ても女。しかも素敵な女、ちょっとエッチな女」

私はだらしなく、えへへへと笑う。エッチな女と言われることがうれしいなんて。

リョウの胸に顔を埋めて匂いを嗅《か》ぐ。若い男の香り、汗の香りが心地いい。

だが、枕元の時計を見て、現実に引き戻された。時計の針はすでに十時半を回っている。二時間半も抱き合っていたようだ。重くなった身体を持ち上げ、気持ちを切り替えてきぱきと身支度をすませた。カフェの代金も含め、全部合わせて、料金は四万五千円だった。日常生活の中で、お金を一気にこれほど使うことなどめったにない。

だが私は惜しいとは思わなかった。

外に出ると、風が冷たい。冬は目の前だ。私は突然、空腹を覚えた。

「お腹すいちゃった」

「僕も。綾子さん、ラーメン食べない？　僕はもうアパートに帰るだけだから、もし綾子さんに時間があれば、の話だけど」

いいわね、と私は応じた。遅くなりついでだという気持ちがあった。私たちは駅の近くの屋台で食べることにした。店に入るより風情がある。

醤油ラーメンと味噌ラーメンをとり、途中で交換した。すべてが楽しかった。リョウはラーメン代を支払い、「このくらいさせてよ」と笑った。

駅で別れるとき、リョウは私の手をぎゅっと握った。

「また会えるまで、元気でね」

私の返事を聞かず、リョウは去った。私は放心状態のまま、人混みの中で小さくなっていく彼の背中を見つめていた。

周りを足早に通り過ぎる人たちの中で、私は完全にひとりぼっちだった。家庭も会社も、すべてが遠く感じられる。それなのに、私の身体と心は満たされていた。

どこをどう通って帰ったのか、あまり記憶がない。家に入る前に、私は自分の頭を平手でがんがん叩いた。現実に戻らなくては。ここには私の「日常」があるのだから。さっきの時間は「非日常」なのだから。しっかり自分に言い聞かせる。

家に入ると、夫がリビングで本を読んでいた。

「お帰り」

「ごめんなさい、遅くなって」

「お疲れさま。こっちは何の問題もないよ。ふたりとももう寝た」

「ありがとう」

「お腹すいてない？」

「うん、大丈夫」

テーブルの上をちらりと見ると、ラップにくるまれたお皿がいくつか並んでいた。そうだ、今日は夫が作ってくれたんだっけ。

「やっぱり少し食べようかな」

そう言うと、夫はいそいそとお皿をレンジに入れて温めてくれる。

「お風呂わいてるよ」

「ありがと」

感謝はしても、悪いという気持ちはわいてこない。そんな自分を呪ってみる。夫の心づくしのロールキャベツはおいしかった。味わって食べる。さっき、リョウのペニスを頬張った同じ口で。

私はお茶をいれ、夫にももっていく。

「ありがとう」

夫は改めて私を見つめる。リョウの唇、リョウのペニスが甦ってくる。いけない、頭からすべてを消さなくては。

「大丈夫か？　疲れてるみたいだけど。風呂に入って早く寝たほうがいいよ」

十年ぶりに二時間半もセックスしてきたの。疲れてないはずがないでしょ。あのね、腰ががくがくするほどよかったの。あなたが一度も私に与えてくれていない歓びを、あの若い男は、あっけなく与えてくれた。そう言ったら夫はどんな顔をするだろう。私は邪悪な人間なのだろうか。


「ついに思い切ったのね」

由香里が弾んだ声で言う。報告会と称してまた三人で集まったのだ。

「よかった？　感じた？」

理彩のストレートな質問にも、私は恥じ入ることもなく、大きく頷いた。

十年ぶりに男を受け入れることがどんなことか、彼女たちにはわからないだろう。だが、素直に喜んでくれている女友だちの存在は、私を元気づけた。

「また会ってもいいと思う？」

リョウと会って一週間ほどたっていたが、私はまた彼に会いたくなっていた。

「でもけっこう、お金かかるでしょ」

「そうなの。どんなにがんばっても、三ヶ月に二回くらいしか会えないと思うけど」

「私はあまり同じ人と会わないほうがいいような気がするわ」

由香里がいくらかふっくらした頬を傾けながらつぶやく。私もそうは思っていた。情が移ると別れがたくなる。一度会っただけなのに、私の頭からリョウが離れることはなかった。

「でもねえ、何回かは同じ人としたほうが、より感じるようにはなるんじゃない？」

「だから、それが情が移る原因になるわけよ。綾子は免疫がないから心配なの。そのうち貯金を取り崩しても彼に会いたいとか、会社の金に手をつけるとか、万が一でもそんなことになったら大変でしょう？」

「由香里は飛躍しすぎよ」

私は笑おうとしたけれど、リョウへの執着心を自分でわかっているだけに、笑い飛ばすことはできなかった。

「女だけじゃなくて、男もそうだけど、執着心って、想像以上にエネルギーを生むのよ。それが正しい方向にいくとは限らないから、私は心配なの」

由香里は私のほうに顔を近づける。

「いい？　綾子。あなたは社会人で、妻で母なの。妻はともかく、母である部分、職業をもっている女性の部分を崩したらいけないのよ。今まで築いてきたものすべてを失ってまで、ホストに走ったら私は怒るわよ」

わかった、と私は頷いた。すべてを失っても彼に会いたいと思っていた甘い気持ちを指摘されたような気がした。

「彼のことはお金で買ったの。割り切ってつきあったほうがいいと私も思う」

理彩まで追い打ちをかける。そうだった。彼は他の女性にも同じように接して、お金を受け取っているのだ。あの優しい言葉、私を感じさせた指は、同じだけのお金を払えば、どんな女性にも向けられる。

「つきつめて考えちゃだめ。自分の中の性欲だけを見つめて。それがいっぱいになって耐えられなくなったら、お金を使って欲求を満たす。それだけのことよ」

由香里の言葉にも頷く。恋愛感情が根づいて芽まで出てきていた私には、とても痛かった。

「それと、何があっても理彩と私には報告して。たとえ貯金に手をつけたとしても、家庭が破綻しそうになったとしても。私たちはどんなときも綾子の味方だから」

ありがたかった。だてにふたりとも男で苦労してはいない。男に一気にのめり込む怖さを知っているから、私に必死に転ばぬ先の杖をもたせようとしているとわかる。

「わかった。ありがと」

言いながら涙が出てきた。彼女たちの気持ちを裏切らないためにも、私はきちんと自分を保たなくてはいけない。

「うちのダンナ、相変わらずなのよお」

由香里ががらりと雰囲気を変えてくれる。

「最近、娘とも仲がいいし、私にも優しいし。週に一度は必ず求めてくるし。『お腹の子が驚くわよ』と言っても、『親が仲良くしてることがわかって、いい子が生まれてくるに決まってる』って。歌織を妊娠しているときなんて、一度もしなかったくせに。どうなっちゃったんだろ」

「いいじゃない。今までの分を取り戻すくらい仲良くしてよ」

「でも不思議よね、夫婦って。私、夫なんてもう二度と身体も心も通い合わせることはないと思ってた。ある意味で恨んでもいたのよ。だけどこうなってみると、まあ、いつまで続くかわからないけど、悪い人じゃなかったなあって思うし」

「由香里ののろけなんて、そういえば初めて聞いたわね」

「そういう理彩はどうなの？」

「こっちも相変わらず」

「ダンナさんとは？」

「離婚はしてないわよ。ロンも離婚してほしいと言わないし。実質、一緒にいるんだからこれでいいって。大事なのは形じゃないというのが彼の言い分」

「理彩はそれでいいの？」

「あのね」

理彩は身を乗り出して小声になる。

「私もずるいんだと思う。どこかで夫が待っていてくれるという気持ちがあるの。もちろん、現実的には、夫が待っている保証なんてないんだけど……。帰る場所はないんだって自分に言い聞かせてもいる。それでも、最後は夫が待っているかもしれないという甘い期待も捨てられないの。ロンだっていつかはアメリカに帰るかもしれない。私もついていく気になれるかどうかわからない。本当に、男女の関係なんて、半年後はわからないのよ。だから今日を精いっぱい生きることにしたの」

不思議なものだった。奔放だった由香里が、長年不仲だった夫と落ち着き、子どもをたくさん産みたいと言っていた理彩が、子どももつこともなく不安定な生活を続けている。確かに、人はどうなるか自分でもわからないものなのだ。

あれほどふたりから励まされ、割り切れと言われたのに、私の頭の中からリョウの面影が消えることはなかった。消えるどころか、もう一週間たつと、私はいても立ってもいられないほど、彼を求めていた。

いくら働いているとはいえ、我が家は決して楽な暮らしではない。マンションのローンもまだ残っている。子どもたちについても、本当は高校までは公立に通わせたい。だが、本人たちが、私立高校に行きたいと言い出したら、拒絶はできない。その場合、教育費は予定よりはるかに増大する。マンションだって、ローンを払い終わる時期には老朽化しているだろう。夫も私も子どもたちも、いつ大病をするかわからない。夫と私の両親だって、今は元気だけれど、そのうち介護の問題も出てくるだろう。お金で時間が買えるのなら、合理的にお金で片づけたいと思う気持ちが、私には強かった。もし親が健康を損ねて寝たきりになったなら、病院や施設で預かってほしかった。家で介護せざるを得ないなら、介護士を雇いたい。自分の時間や生活が犠牲になるのは避けたかった。親の面倒を見たくないというわけではなくて、プロに任せられることは任せたほうがうまくいくに決まっているからだ。慣れない介護をやって、身も心もすり減ってしまうなら、私も親も、決してお互いに思いやりはもてない。だから、現実的にお金は重要だった。無駄遣いはできない。

私には独身時代から貯めている自分の預金がある。マンションを買うときの頭金でかなり供出してしまったが、その後もこつこつ貯めて、今は三百万円ほどだ。夫婦共通の預金は一千万円ほどある。夫が個人でどれくらいもっているのかはわからない。ただ、私個人の預金は、いざというときの保険のようなものだ。自分ひとりの楽しみのために使う気などさらさらなかった。それなのに、このところその預金が気になってしかたがない。少しくらい使ってもいいのではないか。リョウに会うために。そんな思いがあとからあとからわいてくる。

あと一日がんばってみよう、あと一日なんとかリョウの面影を振り切ってみよう。そうしているうちに一ヶ月がたった。もう我慢ができなかった。任されていた大きな仕事がうまくいったのを機に、「自分へのごほうび」と称して、リョウの所属する事務所に電話をし、二日後の予約をとる。本当は「自分へのごほうび」なんていう言葉は嫌っていたのだが。自分を正当化するために、人はどんなことでもするものだ。

一ヶ月に一度、四万五千円の贅沢が私に許されるのかどうかわからない。だが、今はこうすることで自分の精神的なバランスを保つしかなかった。

またカフェで待ち合わせ、この前と同じルートでホテルへ向かう。私は会った瞬間から、子宮が痙攣し、下着が濡れていくのを感じていた。

「綾子さん、今日は口数が少なかった」

部屋に入るなり、リョウはそう言って後ろから抱きしめた。私は向き直って唇をせがむ。舌を絡め合うと、彼は私の歯の裏を舌ですうっとなぞっていく。

「あなたの顔を見たら、もう我慢ができなくなって……」

濃厚なキスを交わしてようやく落ち着いた。リョウはにこっと笑う。きれいな笑顔だった。

「そうなの？」

リョウが私の下着の中に手を入れてくる。身をよじったが、彼は許してくれなかった。強引に指をあてがう。

「ホントだ。大変なことになってる」

彼が指を引き抜くと、指は糸を引いていた。その指をねぶってみせる。私は恥ずかしくて背を向けた。彼は私のうなじに熱いキスを浴びせる。

「綾子さん、会いたかったよ、すごく」

するすると服を脱がされる。一緒にシャワーを浴びるとすぐにベッドだ。

「お願い、リョウくん。私をめちゃめちゃにして」

荒々しく扱われたかった。彼の女だという刻印がほしかった。彼の目が妖しく光る。

彼は私の胸を思い切り吸った。しっかり跡がつく。もっとつけてほしい。もっと、もっと。

彼は仁王立ちになり、私はペニスから睾丸《こうがん》まで口で愛撫し続けた。彼に髪をつかまれ、頭を上下させられて、涙が出るほど苦しくなる。喉の奥がえずいて咳《せ》き込んだ。だがそれさえ、私にはうれしくてたまらなかった。

リョウは私を四つんばいにさせると、前を指で繊細に愛撫しながら、舌でお尻の穴を刺激した。次に指で肛門を刺激する。恥ずかしいのに気持ちがよかった。後ろからヴァギナに思い切り挿入され、私はぐいっとのけぞる。彼は私の髪をつかんで顔を向けさせ、舌を絡めてくる。

「ここに入れる？」

彼が再び肛門を撫でる。

「怖い」

「大丈夫だよ」

彼は私の愛液をお尻の穴に塗りたくる。指を出し入れし、充分にマッサージして柔らかく開かせると、少しずつペニスを挿入してきた。内臓が飛び出しそうだ。ゆっくりと彼は奥まで入れてくる。さらに指を二本か三本、まとめてヴァギナに差し入れ、強く速く出し入れした。なんて器用なんだろう。

身体の中から何かせり上がってくる。吐きそうなんだか気持ちがいいんだか、まったくわからない。彼は背中に噛みつき、吸いつく。身体中をいろいろな刺激が行き交い、私は「死ぬ死ぬ」と叫んでいたようだ。

イクとかオーガズムとか、私にはわからないのだが、これがそうなのかもしれないと思う瞬間が何度も何度も訪れた。口や耳や鼻や毛穴に至るまで、穴という穴から何かが飛び出していくような、何かが入ってくるような、地獄だか天国だか区別がつかない苦悩や快感があった。

彼は私をくるりと仰向けにし、また胸にしゃぶりついてきた。たぶんコンドームを新しくしたのだろう、少し間があってから、正常位で入れてくる。私の両足は彼の両肩にかけられ、私はがんがん突かれた。意識が途切れていく。自分の身体の中から、ライオンの咆哮《ほうこう》のような音が聞こえた。

次の瞬間、

「綾子さん、イクよ」

リョウの声が遠くに聞こえ、彼の身体の重みを感じた。彼は微動だにしない。私は私で、身体中がしびれている。

「綾子さん、大丈夫？」

目を開けると、リョウがじっと見ている。ふっと睡魔に襲われたようだ。上半身を起こそうと思ったが、身体は動かない。

「動けないみたい」

舌ももつれている。

「綾子さん、気持ちよかったよ」

リョウが軽くキスをしてくる。そのまま抱きしめられて、ふたりとも動かなかった。

「起きなくちゃ」

時計を見ると、十一時近い。今日はホテルに入ったのが七時だったから、四時間も肌を合わせていたことになる。これほど時間がたっていたとは思わなかった。

バスルームの鏡で見ると、私の首から下、上半身いっぱいにリョウのキスマークがついていた。

「ひどいことになっちゃったね」

リョウがすまなそうな顔をする。

「ううん、いいの。うれしい」

駅で、リョウは私の手を軽く握り、「またね」と去っていった。

自宅の最寄り駅で電車を降り、身体をひきずるようにして歩きながら、私はいったい何をしているのだろうと思った。リョウに会うために洋服も買ったし、下着も新調した。今月の給料の半分近くは自分のために使ったようなものだった。

それでも、この前より今日のほうが快感は深い。これから一ヶ月、また我慢できるのだろうか。

「すればするほど気持ちよくなるものなのよ」

理彩がそんなことを言っていたような気がする。女の快感は始末が悪い、と何かで読んだ記憶もある。確かに、すればするほどこの快感が深くなるのなら、私はこれを手放すことはできない。むしろ、一ヶ月も待つことなどできないのではないか。

どうしたらいいのだろう。ふっと空を見上げると、細い三日月が頼りなげに輝いていた。風が吹いたら飛びそうなくらい細いのに、光は強かった。月がきれいだね、リョウ。そんなふうに言ってみたい。だが、彼に直接、連絡をとることはできない。あくまで事務所を通さなければ、リョウとは会えないのだ。当然だ、リョウは事務所の商品であり、私はそれを買う客なのだから。人間同士、男と女のつきあいのはずなのに、私は直接、彼と電話で話すこともメールすることもできない。

好きという感情をもってはいけない相手なのだ、と私は気づく。それなのに、私はいても立ってもいられないくらい、リョウに恋し、リョウを求めている。手に入らないから執着するのか。月を見上げると、ふっと恭子の顔が浮かんできた。

恭子、あなたもつらかったのね。いてほしいときにいてくれない、連絡したくてもできない。そんな男を求めてしまったのは私も同じ。だけど、恭子は彼と心が通じていた。私はしょせん、金で割り切らなければいけない関係。一緒にしたら恭子が怒りそうだ。でも恭子、求める気持ち、寂しい気持ちはそう変わりないと思う。私はそうやって心の中で恭子に話しかけた。

家に帰り着くと、夫も子どもも寝静まっていた。もう一度、ゆっくりお風呂に入ってから寝ようと脱衣場で服を脱ぐ。胸のあたりのキスマークはすでに濃く色づいていた。

ガタンと音がして、鏡の中で夫と目が合った。

「ごめん、電気がついていたから消し忘れかと思って」

夫はすぐに立ち去った。鏡の中でキスマークを見ただろうか。いや、それは胸だけではない。背中にもたくさんついているはずだ。夫に見られたかもしれない。その日は疲れているのに、ろくに眠れなかった。

翌朝、朝食の準備をしていると、夫が「おはよう」と起きてきた。口調も眼差しも、ふだんとまったく同じだ。いつもと変わりない朝が始まっていた。

恭子の一周忌が近づいたころ、由香里に子どもが生まれた。男の子だった。生まれて四日目に病院に見舞いに行くと、由香里の夫がかいがいしく世話を焼いている。広い個室で、由香里は女王様のように輝いていた。

「や、綾子さん。かわいいでしょう、うちの子」

子どもを抱き上げて見せ、にこにことうれしそうにダンナさんが話しかけてくる。由香里の夫は、もうちょっと愛想が悪かったような気がしていたので、私は一瞬、何も言えなかった。由香里が目配せしてくる。話を合わせろということだろう。私はあわてて赤ちゃんをのぞき込む。

「本当、かわいい。ご主人にそっくりじゃない？」

「やっぱり。目元が僕に似てるってみんな言うんですよ」

由香里は夫の背中越しにぺろっと私に舌を出してみせた。

「少し散歩してくるわ」

由香里と私は病室を出る。

「ダンナさん、ご機嫌ね」

「うん」

病院内にあるカフェテラスに、私たちは落ち着いた。

「どうかした？」

由香里の浮かない顔が気になって顔をのぞき込む。

「実はね、陣痛が最大になったとき、小沢の声が聞こえたのよ。確かに聞こえたの。『由香里』と呼ぶ声と、『オレの子だ』という声が。もちろん、幻聴というか私の妄想から生まれたものだと思う。だけどとっても不思議だったの。その声がしたとたん、ふうっとすべてが楽になって、滑り落ちるように生まれてきたのよ、あの子。医者や看護師さんたちまで『あれっ』という感じだったの」

「じゃあ、小沢さんが後押ししてくれたと考えればいいんじゃない？」

「そうね」

「覚悟して産んだのよ、由香里」

「うん、わかってる。臨月になってから夫への罪悪感が急にわいてきたんだけど、それは自分の中で処理したの。ただね、綾子。私、小沢に会いたい。小沢に子どもを見せたい」

　由香里の目から涙がぼろぼろこぼれ落ちる。それさえ気づいていないかのように、彼女は静かに続けた。

「会いたくても会えないの。死んだらもう会えないのよ。触ることも、声を聞くこともできない。よく、亡くなった人は心の中で生きていると言うけど、私はあの子が生きている限り、小沢を思い出にはできない。生々しいの。だけど現実に触れることもできない」

　わかっていたことだ、と言うのは簡単だったけれど、私には言えなかった。小沢さんの子を産んだことで、由香里の中に、生々しい彼が甦っている。それはやはり、由香里自身が乗り越えていくしかないのだ。

「それが幸せだと思える日が、きっと来るわ」

　由香里は小さく頷いた。浮かない表情はしていたけれど、彼女の目はきちんと前を向いている人の光をもっていた。

　私は翌日、自分の預金を百万円、解約した。この百万円だけ、自分のために使おうと決心した。会えるだけリョウに会おう。そして、このお金がなくなったら、リョウとの関係も終わりにする。そう決め、事務所に電話をかけた。

私は土曜の昼から日曜の夕方まで、リョウを独占してみたかった。夫には、理彩と一緒に、恭子の一周忌に田舎まで出向くと嘘をついた。申し訳ないけれど、理彩には本当に行ってもらって土産物を買ってきてもらうことにする。理彩は前日、私の自宅に電話をくれ、一緒に一周忌に行くことを夫に話してくれた。アリバイは完璧だった。

リョウが車をレンタルし、私たちは少し遠出をした。温泉にゆっくり浸かり、夜はリョウを独占する。二日にわたる独占料は、二十万円以上かかる。経費を入れたら三十万を超えるかもしれない。それでもよかった。

まるで独身時代に戻ったように、私はリョウとの時間を楽しんだ。

「東京を離れるとほっとする」

リョウの言葉を聞いて、私も同じ思いを確認した。

三十万円あれば家族四人で旅行できる。子どもたちに何度もおいしいレストランで食事もさせてやれる。だが、私はそういった換算をいっさいやめた。私にとって絶対的に必要なものを手に入れるために、自分が貯めたお金を使ってみたかった。

あちこち寄り道をしながらドライブを楽しみ、夕方近くに予約した温泉宿へ到着した。私はリョウに寄りかかるように甘え、腕を絡ませて旅館へと入っていった。もう誰からどう見られようと、意識はしなかった。

部屋に落ち着いたとき、気になっていたことをリョウに伝えた。

「私、あなたが気乗りしないのに仕事だから受けてくれたんじゃないかと気にしていたの」

「綾子さん。もし嫌だったら、僕はオファーがあった時点で断れるんだよ。その日は別の仕事が入っていると事務所に言ってもらうこともできる。好きでもない相手と、僕だって遠出はしたくないもの」

嘘でもうれしかった。リョウは私を押し倒した。シャワーも浴びずに交わる。それから部屋の外にある露天風呂にふたりで入り、夕食までいちゃいちゃ過ごした。

リョウはその晩、厚くてふわふわした布団の上で、私にあらゆる形をとらせた。何度も何度も絶頂を迎え、四十年分の「女」を取り戻したような気持ちになる。由香里や理彩が言うように、「割り切る」ことなどできない。私はこの男が好き。少なくとも今、私は好きな男に抱かれ、好きな男を自分の中に閉じこめて、身も心も溶けていっている。他に何が必要だろう。理性も日常もすべて飛んでいってしまえばいい。この快楽以外、何もいらない。

リョウと交わり、疲れてリョウに抱きついて少し眠り、また起きては交わった。だが、朝はすぐにやってきた。私たちは朝食後、また交わって、温泉に浸かり、チェックアウトの時間に追い立てられるようにして旅館を出た。

「夕方五時に東京駅に行きたいの。それまでつきあってくれる？」

「もちろん。綾子さんと別れたくない」

リョウはまじめな声で言った。私はそれを聞いて涙を止めることができなかった。彼の営業トークは、ときに私をひどく傷つける。若くて将来がある彼に、私のせっぱ詰まった気持ちなど理解できない。わかっているのに、彼が耳当たりのいい言葉を吐くたび、必要以上に心を鋭い刃物で突かれるような気がしていた。

別れを寂しがっていると思い込んだリョウは、私の頭を抱えるようにした。

「また会えるよね、綾子さん。今日は残り少ない時間、いっぱい楽しもうね」

車に乗り込んで出発する。途中、高速道路で事故があったらしく、道は思いがけなく混んだ。車の流れがぴたりと止まる。この分だと、五時に東京駅到着はぎりぎりになりそうだ。都内に入ってから、本当は再度、ラブホテルに寄ろうと思っていた。私はこの旅の間中、ずっとリョウのすべてがほしくてたまらなかった。いくら交わっても交わり足りなかった。

私は運転席のリョウの股間に顔を埋める。

「わ、何やってんの、綾子さん」

「リョウがほしいの」

私は深紅のマニキュアをつけた指で、リョウのジーンズのジッパーを下ろしていく。マニキュアはリョウとの待ち合わせの前に、駅のトイレであわてて塗った。家では塗れない。トランクスからペニスを引っ張り出そうとすると、そこはすでにピンと背筋を伸ばして起きあがっていた。

先端を舌で刺激してから、一気に喉の奥まで引き入れ、激しく動かしながら舌でスジをれろれろと舐め上げる。身動きできないリョウは、声にならない声を上げて呻《うめ》きながら我慢していた。見上げるとリョウの顎のラインがとてもきれいだった。

私はせっせと頭を動かす。隣の車から誰かが見ているかもしれない。それでもかまわなかった。

「ダメだよ、綾子さん。我慢できない」

うんうんと私は頷く。少しだけ唇をはずし、

「出していいわよ」

と言った。

「そんなことできない。あ、綾子さん」

リョウはあっけなくイッてしまった。セックスのときは完璧に自分をコントロールしている彼だが、奇襲攻撃に我慢ができなかったのだろうか。そのあたりはわからないけれど、リョウが我慢しきれなかったことがうれしかった。私は口中に広がったリョウの液体をごくりと飲み込み、さらにリョウのペニスをきれいに舐めた。

申し訳なさげに首を垂れるペニスをトランクスに押し込み、ジーンズのジッパーを上げる。

「んもう、綾子さんたら」

リョウは大きく息を吐き、私の唇に唇を押し当てた。のろのろと車が動き出す。

「すごくうれしかった」

「え？　何が」

「リョウくんが我慢しないで出してくれたこと」

「まさか飲んじゃうとは思わなかった」

リョウはしんみりとした口調で言った。

「信じてもらえないかもしれないけど、飲んでくれたのは綾子さんが初めて」

「信じてもらえないかもしれないけど、飲んだのはリョウくんが初めて」

私たちは顔を見合わせて笑った。

リョウに二十万円のギャラと、車のリース料や昼食代など、かかった雑費を三万円ほど渡す。旅館代などを含めると、予定通り三十万以上かかった。

リョウは東京駅まで送ってくれた。五時を五分過ぎている。別れ際、彼は私に濃厚なキスをし、さらに何か言いたそうな顔をした。

「なあに？」

「いや、なんでもない。またね、綾子さん」

「うん、またね」

電話するわ、と言えない関係。連絡してね、とも言えない関係。私はリョウを振り返らずに駅の構内に入っていった。

理彩に会い、恭子の一周忌の様子を聞き、地元の名産を受け取る。

「綾子、大丈夫？　疲れてるみたい」

「大丈夫よ。ちょっと燃え尽きた」

「楽しかった？」

「楽しくて、今は悲しい」

理彩は私の肩をそっと抱いた。地下鉄に乗るという理彩と別れ、私はＪＲを乗り継ぎ、経由駅でトイレに寄って、深紅のマニキュアを落としてから自宅に戻った。

夫が子どもたちと一緒に夕食を作っておいてくれた。私は幸せなんだ。自分にそう言い聞かせるしかなかった。

今回のようなデートをしていたら、あと二回で予定の百万円はなくなってしまう。だが、普通に会っているだけなら、何度も会える。夕食を終え、娘とふたりで食後の後片づけをしながら、私はこれからどうやってリョウに会おうか考えていた。

百万円を使い果たしたあと、自分がどうなるかわからなかった。まだあと二百万円あるからと使い果たす決断をするのか、諦めるのか。その金がなくなってもまだ、リョウを追い回すことになるのか、どこかで自分を押しとどめることができるのか。

私は自分の中できちんと予想をし、計画を立てながら今まで生きてきた。自分を取り巻く問題が、常にきちんと解決されていないと、日常生活を生きていくことができなかった。だが、今は自分の気持ちさえよくわからない。それもまたよし、となぜか思えた。

いつか罰が当たったと思うときが来るかもしれない。そんなことを恐れていても始まらない。それより、別れ際、リョウは何を言おうとしたのだろう。

「さっき、何を言おうとしたの？」

電話をかけて、そんなふうに聞ける関係のほうが気が楽だ。だが、気が楽でない関係だからこそ、私は彼を求め続けていくことができるのかもしれなかった。

第四章　恭子

　私は学生時代の夢を見ていた。綾子が、由香里が、理彩が笑っている。あのころは本当に楽しかった。毎日、笑い転げながら過ごしていたような気がする。私も仲間に入りたいと近くまで行ったのに、誰も気づいてくれない。

「ねえ、綾子、由香里、理彩」

　必死に呼んだ。それなのに、誰も私を振り向いてくれない。

　綾子も由香里も理彩も泣いている。どうして泣いているの？

　誰かのお通夜だ。私はなぜか上から見ている。そこへ誰かが飛び込んできた。あ、あの女。宏さんの奥さんだ。棺に向かって突進し、綾子たちに止められている。

棺の奥にかかっている写真……。私だった。どうもここ数日、身体が妙に軽いのと、意識が現実的でないと思っていたのだが、死んでいたのか。天井に近いところをさまよっているだけで、どうやら下には降りていけないようだ。声も出ない。だが、私は三人の友だちをじっと見ていた。

「恭子」

三人は代わる代わる、私の名を呼ぶ。答えたいのに声が出ない。

「どうしてこんなことに……」

理彩が棺にすがる。ごめんね、理彩。私にもよくわからない。

「今にも話しかけてきそうなのに」

綾子がつぶやいている。綾子、あなたに声をかけたいけど、声が出ないのよ。

「ごめんね、恭子。私が早く連絡をとっていれば……」

由香里のせいなんかじゃない。だって、私自身が、わけもわからないうちに死んでいたのだから。

このあと、私はどこへ行けばいいのだろう。宏さんには会えるんだろうか。

私はひとり暮らしだったから、学生時代には、よく綾子、由香里、理彩が部屋に来ていた。由香里もひとり暮らしだったけれど、私のほうが大学に近いところに住んでいたし、由香里は恋が途切れないタイプだったから、彼女のアパートには、綾子も理彩も行きづらかったのかもしれない。

「この前、バイトの帰りに由香里のところに泊めてもらおうと思って行ったら、夜中に彼が来ちゃって」

綾子がそう言っていたことがあったっけ。

「それでどうしたの?」

理彩が興味津々で聞くと、綾子は仏頂面で答えた。

「私だって電車がなくて帰れないでしょ。しょうがないから三人で寝たわよ。朝、なんとなく不穏な雰囲気がしたから、私は始発で帰ったけどね」

「不穏って?」

理彩の問いに、綾子はますます顔をしかめる。

「ふたりがいちゃいちゃし始めちゃったのよ。まったくもう、人を何だと思ってるのかしら」

若い恋人たちにとっては、友だちがいてもお互いの愛を確かめ合いたいときがあるのかもしれない。由香里はそういう場面で抑制がきかないタイプだし。

もっとも、私がそんなふうに思えるようになったのは、二十代後半で、初めてと言っていいくらい男にのめり込んでからだ。それまでもつきあった人はいたけど、身も心もどっぷりこの人に委ねてみたいと思ったのは、宏さんが初めてだった。

彼は私が勤めている会社と取引がある企業で、営業課長をしていた。私も営業部だったから、仕事で何度か顔を合わせるうちに食事をするような関係になった。

初めて深い関係になったのは、確か私が二十七歳になるころだっただろうか。それまで二年ほど食事だけの関係が続いていた。宏さんは私より十歳ほど年上だったから、最初は私を恋愛対象としては見ていないのだと思っていた。だが、あとから聞いたら彼は、

「かっこつけていただけ。本当はずっと恭子が好きだった」

と言ってくれたっけ。

私のほうも、彼への思いをもう抑えきれなくなっていた。好きな人と触れあうこともせず、ただ食事をしたりお酒を飲んだりするだけという関係がやけにせつなくなり、あの日は別れ際に急に涙が止まらなくなった。彼は何もかも察したのだろう。

「送っていくよ」

ひと言だけ言って、タクシーを止めた。そして私のアパートの前で一緒に降りた。

それまでもつきあった人はいたけれど、誰とも長続きしなかった。仕事が楽しかったせいもある。会社では初めての女性の営業部員として、男性と同じだけの仕事をした。出張も残業も休日出勤も厭《いと》わなかった。仕事はがんばればがんばるだけ、成果が出る。もちろん、がんばっても思ったように成績が上がらないこともあるが、それでもいろいろな方法で目標に近づいていくことはできる。目標が達成できたときは、身も心も充実感に浸れた。

恋人ができても、私は仕事のペースを変えなかった。まだまだ駆け出しだと思っていたし、仕事を優先させるのが当然だとも思っていた。だから、恋人たちは三ヶ月もつきあうとみんな去っていった。

「仕事とオレ、どっちが大事なの？」

そんな愚問を発する男には、必ずにこやかに言ってやった。

「仕事」

と。

だから宏さんは、私にはうってつけの相手だったのかもしれない。彼は仕事に必死に立ち向かっている私を認めてくれていた。他社ではあるけれど、営業という同じ仕事に携わっていることで、共通の意識もあった。しかも私たちは、なぜか相性がよかった。食べ物の好みも似ていたし、好きな映画も一致していたし、好きな小説も同じだった。

そして身体の相性もよかった。私はねちねちといつまでも前戯が続くのが好きではなかったのだが、彼と出会って変わった。最初に部屋に来たとき、彼はゆっくりゆっくりと私の身体をほぐすように触れていった。その手のぬくもり、指の繊細さが私を落ち着かせ、集中させた。彼が入ってきたときには、なぜか涙が止まらなかった。

「こうなりたかった」

「オレもだよ」

私と彼は抱きしめあい、お互いをどれだけ欲しても足りないくらいに身体を密着させた。つながっているのはあそこだけ。それが気持ちよくもあり、物足りなくもあった。もっともっと、全身でつながっていたい。そんなふうに思ったのは初めてだった。

そこからすべてが始まった。取引のある会社の課長、しかも相手には妻子があるとなれば、決して誰にも知られてはならない関係だった。

私は彼の助言を糧《かて》にしながら、ますます仕事に打ち込んだ。彼とは仕事で会うこともあれば、連絡を取り合って食事をすることもあった。お互いに忙しくてなかなか会えないときも、金曜の夜には必ずといっていいくらい来てくれた。

会えば会うほど好きになった。身体を重ねれば重ねるほど気持ちよくもなった。そして、そうなると彼を独占したくなっていく自分がいた。綾子も理彩も結婚していく。私は自分の恋を、三人にきちんと話したことはなかった。一度だけ、彼への思いが心の中で飽和状態になり、打ち明けたことはある。

「不倫なんてやめなさい、恭子。誰かを泣かせて自分が幸せになんてなれないわ」

綾子は話をすべて聞かないうちにそう言った。彼女自身がまだ新婚だったから、よけい不快だったのかもしれない。聞きたくなかったのだろう。もともと彼女は、曲がったことが嫌いなタイプだ。それでも、あれほど強烈に不快感をあらわにされると、それ以上、私は詳しい話はできなくなった。

二十代後半になると、みんな状況が変わり、会う機会も減っていった。みんな携帯電話をもつようになっていたから、たまにメールのやりとりくらいはしていたが。

私が妊娠したのは、ちょうど綾子が二人目の子を産んだころだったはずだ。私だって産みたかった。彼ほど愛する人には、今後、巡り会えないという確信もあったし、彼の子だからこそ産みたかった。結婚なんてしなくてもいい。私は密かに産む計画をたてた。臨月近くまで会社に出て、産休だけとって会社に戻ればいい。保育園に預けて、仕事をしていくことは可能だろう。

だが、出張には行けなくなる。残業もできなくなる。そうなれば、営業から異動になるはずだ。会社は、使えない社員には冷たい。今までがんばって培ってきたものは、すべて無になる。そうまでして、ひとりで子どもを育てる意味があるのだろうか。

私は父の顔を知らない。友人たちには小さいころ、父が死んだことになっているが、実は父親がいないのだ、戸籍上。母は温泉地の生まれで、若いときから芸者をしていた。三十歳前後に激しい恋をして、兄を産み、三年後に私を産んだ。それから唐突に芸者をやめ、引っ越して誰も知らない土地に流れ着いた。私が小学校のころは、家で着付けや書道を教えていた。家の庭で野菜を作ってもいたが、それだけでは暮らしていけなかったはずだ。今思えば、おそらく父親である人から多少の援助があったのではないだろうか。

私が父がいないことを知ったのは、学生時代、興味本位で戸籍を取り寄せたときのことだ。薄々、母が元芸者だったことも知っていたから、それほど驚きはしなかった。

「お母さん、戸籍をとってみたよ」

夏休みだったか、家に戻ったとき、私は母にそう言った。母は何も言わない。

「私のお父さんって、どういう人だったの」

「立派ないい人だったよ」

「何をしていた人？」

そのとき、母は初めて自分が芸者をしていたことを自分の口で語ったのだ。相手を本気で愛していたと、私が恥ずかしくなるほどの熱情を、そのときでさえ母は相手の男性に対して抱いていた。その熱気に負けて、私は自分の父親がどういう人であるのか、何をしている人であるのか聞きそびれた。

母は、大きな声を上げたことのないくらい穏やかな人だ。小柄で色白で、いつもおっとりしていた。そんな母のどこに、未婚のまま子どもを産むような情熱が隠れていたのだろうか。

母のようになりたくないとも、母のようになりたいとも思わなかった。ただ、母がいなければ私はこの世にいなかった。それだけは真実だから、私は母に感謝していた。本当は父親が誰か知りたかったが、母が言わない以上、自分の権利を振りかざす気にはなれない。一時期、母の地元出身の有名政治家が父親ではないかと疑ったことがある。その政治家が亡くなったとき、それとなく探りを入れてもみた。だが、母はまったく動じることもなかった。

「私が一生を懸けて本気で愛した人なの。本当なら、恭子にも父親が誰か知る権利はあるってわかってる。だけど、私はあの人とのことは言いたくないの」

自分と彼との恋愛は、最後まで秘密にしておきたいらしい。その結果、私たちが生まれているのに、あくまでも隠しておきたいという母の執念は、どこから来ていたのだろう。

自分が妊娠したとき、私は母とのそんなやりとりを思い出した。私も人生を懸けて、宏さんを愛していくつもりだった。それでも、現実的に産むことはできない。どれほど慈しんで育てようと思っても、私が働かなければ暮らしてはいけないし、今のような働き方ができなくなれば、私は自分の苛立ちを、子どものせいにしてしまいそうで怖かった。

彼には相談しなかった。ひとりで病院に行って手術を受け、連休を利用してひとりで泣きながら数日間、寝ていた。宏さんはいつも、最初からきちんと避妊具をつける人だったが、一度だけ、そのまま入れたことがあった。射精前にはコンドームをつけたけれど、そういう方法だと妊娠してしまうこともあるらしい。

それ以来、私はピルを飲むようになった。つきあって十年ほどたったとき、つい二年ほど前だけれど、彼はぽつりと言った。

「恭子、妊娠したことがあっただろ」

私はあまりに突然言われたので、すぐには返事ができなかった。

「ごめんな、大変な思いばかりさせてきた」

その後すぐ、彼は奥さんに離婚話をもちかけたのだと思う。私が妊娠したことをいつから知っていたのかわからない。私が彼に言わずに秘めてきたように、彼もまたそれを知っていて私に言わない時間が長かったのだろうか。

お互いに我慢しながら、それでも一緒にいたくて、この十数年という長い時間を忍んできたのだと、私はようやくわかった。私だけがつらかったわけではない。

本当は、もう彼に離婚などしてもらわなくてもよかった。このままつきあっていければ、彼がいる人生を送れれば。だが、彼は言ったのだ。

「人生の後半を恭子と一緒に過ごしたい」

と。その言葉が、私に過剰な期待をさせることとなってしまった。

それから何度、彼の奥さんに電話で怒鳴られたことか。アパートに突然やってきたこともあったっけ。だから、通夜の席に彼女が来たとき、「死んでまで彼女に怒鳴り込まれるのか」と私は苦笑してしまった。葬式に来なかったのは、ありがたかったけれど。

「どうして私から夫を奪おうとするのよ」

奥さんは泣きながらそう言ったことがある。奪おうとしているわけじゃない。彼と私の気持ちが一致しているだけだ。

「私たちが今まで築き上げてきた家庭を、なぜ壊すの」

私は壊そうとしていない。それらはすべて彼の決断なのだ。だが、奥さんは、私が力ずくで奪おうとしていると決めてかかる。夫婦のことは、そちらで話し合ってくださいと、私は何度も奥さんに言った。

アパートに乗り込んできた奥さんに突き飛ばされ、タンスの角に頭をぶつけ、隣人の通報によって救急車で運ばれたこともあった。私はそのことも彼に言わなかったが、あとから知った彼は「すまない」と頭を下げた。私は絶望して、苛立った。妻がしたことに対して、夫は責任があると思い込んでいることに。今も、この人たちは互いを守り合う夫婦なのだという思いを強くしてしまった。もし逆に、私が妻に対して暴力を振るったら、彼は私の側に立って妻に謝るだろうか。謝るかもしれないが、私への謝罪のときとは、微妙に彼の心持ちは違うような気がする。

でも今、何もかも上から見通せる状況になってみると、彼の奥さんの憤りも少しは理解できるような気がする。同じ男を愛したのだから、彼女がこちらへ来たら、ゆっくり話してみたいとも思う。

「彼の離婚話、進んでないのよ」

由香里にそう言ったことがある。彼が亡くなる半年ほど前だろうか。

「恭子は本当に彼と結婚したいの？」

「今までずっと諦めてきたのに、彼が急に離婚するなんて言い出したから、本当は少し戸惑ってる。だけど、離婚してくれるなら、私は彼と添い遂げる覚悟よ」

「彼一筋なんだね。恭子のどこにそんなエネルギーがあったのか、私、けっこう驚いてるのよ」

由香里はそんなふうに言った。私が母に対して思っていたように。

「恭子って、よくわからないところがある」

学生時代から、三人にはときどきそう言われた。綾子のような正義感もなく、由香里のような奔放さもなく、理彩のようにかわいいところもない。私は、他人の心には決して踏み込まなかったし、自分の意見を声高に言うこともなかった。母と私の間にあった、微妙な距離感から、私はそんな人間関係を築くようになってしまったのかもしれない。

それでも、私の生涯の中で、あの三人とは密度の濃い関係だったと思う。だからこそ、本当は宏さんが亡くなったとき、真っ先に三人に話したかった。

その朝、私は部長に呼ばれ、前日の日曜日、宏さんが自宅で縊死《いし》したと知った。部長は薄々、私たちの関係に気づいていたのだと思う。卒倒しそうな私に、「しっかりしろ」と声をかけてくれた。

「社長とオレが葬式に行くけど、きみも仕事でやりとりがあったから、一緒に行くか」

部長はそうも言ってくれた。だが、私は首を横に振った。公の立場を利用して、ふたりだけの関係の終わりを確認したくなかった。宏さんの死を信じることもできなかった。

その二日前、彼は私の部屋に来ていた。どことなく元気はなかったけれど、いつものように時間をかけて私を愛してくれた。だが、あとから考えると、やはり彼にはおかしなところがあったのだ。

私の作ったつまみを肴《さかな》に、一緒にお酒を飲んでいるときだった。

「こういう時間が、実はとても貴重なんだよなあ」

しんみりした口調だった。

「オレの人生は充実していたと思うよ。恭子のおかげで」

そんなことも言った。

「なんだかもうこれっきり会えないような言い方しないで」

嫌な予感がしたのは確かだった。

「一緒になれるようにがんばるから。恭子ももうちょっと我慢してほしい」

最後にそう言い残して帰っていった。信じていたのに。自分だけ逝ってしまうなんて。あれから私は、抜け殻となった。さんざん泣いて、会社では涙を見せまいと決めたが、自分の中から魂がどんどん抜けていくのは、自分でもどうしようもなかった。

仕事に身が入らない。外回りをしているとき、ふと気づくとホームから身を乗り出していたようなことがあった。近くにいる人にぐいっと腕を引っ張られ、その瞬間、急行が目の前を通り過ぎていった。

「大丈夫？　妙なことを考えちゃいけないよ」

腕を引っ張ってくれた男性は、優しい目で言った。宏さんの姿が重なり、私はその場で泣き崩れてしまった。その人は困ったような顔でたたずんでいる。

「ごめんなさい。恋人に死なれたばかりで」

私は正直に言い、その場を離れた。その人は追いかけてきた。

「よかったら話を聞くよ。ひとりでつらい思いを抱えていてはいけない」

だが、私は彼の親切を辞退した。人に話ができるのは、少しだけでも自分の心が整理されていなければいけない。私にはまだ無理だった。その人は名刺をくれ、「怪しい者じゃない。ただ心配なだけ。袖振り合うも多生の縁っていうでしょ。何かあったら電話して」と言って去っていった。名刺には、私も知っている会社名があった。確か、宏さんは、この会社と接点があったのではないか。宏さんの名前に傷をつけてはいけない。この人には会えない。私は名刺を破って捨てた。

それより、綾子と由香里と理彩に会いたい。会って話したい。そう思っていた。彼女たちなら、理解はしてくれなくても、泣いている私を慰めてはくれるだろう。不倫なんかするから、そういう目にあうのよ。たとえ綾子にそう言われたとしても、本気で憎んで言うわけじゃないのはわかっている。痛い言葉も慰めになるかもしれない。

それでも私は誰にも連絡できなかった。気持ちに余裕がなさすぎた。彼が亡くなって一週間たったころ、また部長に呼ばれた。

「大丈夫か。一週間くらい休むか？　それとも休まないほうがいいか」

私が精神的に参っていることを部長は見抜いていた。ひとり暮らしだと知っているから、休ませることが凶と出る可能性も踏んでいたはずだ。私は休まないという選択をした。だが、今は全力で仕事に打ち込むこともできない。私は正直にそう訴えた。

「わかった。きみは今まで、本当にがんばってやってくれたし、今だってミスはしていない。多少のことは大目に見るから、早く元気になってほしい。まだまだきみには期待しているんだよ」

私は会社で初めて泣いた。部長はその日、おいしい和食屋さんに連れて行ってくれた。私は潰れるまで飲み、翌日から少しだけ前向きな気持ちになって出社した。それでも、カラ元気なのは、自分でわかっていた。カラでもなんでもいいから、とにかく周りの人の期待を裏切らないようにがんばらなくてはいけない。いつもと同じ生活をすることで、自分を保っていかなければ。

二週間ほどたつと、カラ元気が板についてきた。カラ元気とはよく言ったものだと思う。外側は強固な鎧《よろい》を着ているのに、中味はどんどん抜けていく。鎧ばかりが重くなって、代わりに中味は虚《うつ》ろだった。

毎日、彼を思わない日はない。だが、そういう時間を作らないように、私は仕事をした。三週間目は、朝八時には出社し、夜十一時くらいまで仕事をしていた。昼間は外回りに精を出し、今まで行ったことのない会社にまで飛び込みで行って、新しい仕事を開拓したりもした。

「そんなことは新人に任せておけばいいのに」

部長には笑われたが、私は新人に戻ったつもりだった。彼に出会う前に戻らなければ、私はこれから生きていけないような気持ちになっていたのだ。

四週間がたって、金曜日の夜十時頃、私はひとりで退社した。

「恭子さん、軽く飲んでいかない？」

営業部の同僚が声をかけてくれたが、なんとなく身体がどんより重かったし、朝から頭痛がしていたから、礼を言って断った。

家に帰り着いたのは覚えている。この週末、綾子たちに連絡して、集まる日を決めたいなと思っていたが、こう具合が悪いと連絡もできそうにないな、と思った。

夜中に頭痛がひどくなり、台所まで這っていって、痛み止めを飲んだはずだ。その後の記憶はない。

あれから一年が過ぎたけど、私はまだ宏さんに会えずにいる。ひょっとしたら、私は成仏していないのかもしれない。でも不思議なことに寂しくはない。宏さんも、実はそのあたりでふわふわしているような気がする。もうじき会えそうだという予感もある。そうしたら、きっとまた私は彼に恋をする。

由香里が子どもを産んだこと、理彩が夫以外の男性と一緒に住んでいること、綾子が出張ホストにはまってしまったこと。いつも近くにいるかのように、三人の行動が見えている。

ふわふわさまようこの感覚が、案外悪くない。それに、彼女たちが何を考えているかもわかってきた。

綾子は、私を非難したことを後悔していた。

私は何度も何度も、「綾子の気持ちはわかってる。だから自分を責めないで」と彼女に言い続けてきた。由香里もそうだ。自分が連絡しなかったから、私が自殺でもしたかのような気持ちになっている。だけど、そうじゃない。由香里が悪いわけじゃない。連絡をとろうと思えば、私が自分でとればよかったのだ。ひとりだけ結婚もしていなかったし、道ならぬ恋を続けていることで、私には私なりに負い目があった。「普通に幸せ」に暮らしている三人への引け目もあった。それでも、今はわかる。「普通に幸せ」なんていうことはあり得ないんだってことが。

みんな、私が幸せな人生を送ったかどうか気にしてくれたけど、私は幸せだったと思う。少なくとも、宏さんを愛したこと、後悔はしていない。「普通」かどうかはわからないけど、「私なりに」幸せだった。ひょっとしたら、人生、それでいいんじゃないかとも思う。

三人は、きっとわかっている。自分なりの幸せを。私は彼女たちがこっちの世界に来るまで、ふわふわとそのへんを漂っていようと思う。

本書は二〇〇九年十二月に徳間書店より刊行された『「大人の恋」は罪ですか？』を改題し、大幅に加筆・修正しました。

文芸社文庫

「オトナの恋」は罪ですか？

二〇一四年六月十五日　初版第一刷発行

著　者　亀山早苗
発行者　瓜谷綱延
発行所　株式会社　文芸社
〒一六〇－〇〇二二
東京都新宿区新宿一－一〇－一
電話　〇三－五三六九－三〇六〇（編集）
〇三－五三六九－二二九九（販売）
印刷所　図書印刷株式会社
装幀者　三村淳

ISBN978-4-286-15357-5